Sulla unità della lingua italiana

Alessandro Manzoni

© 2023 Culturea Editions

Texte et illustration de couverture : © domaine public
Edition : Culturea (Hérault, 34)
Contact : infos@culturea.fr
Retrouvez notre catalogue sur http://culturea.fr
Imprimé en Allemagne par Books on Demand
Design typographique : Derek Murphy
Layout : Reedsy (https://reedsy.com/)

Dépôt légal : janvier 2023
Tous droits réservés pour tous pays

ISBN : 9791041846139

Sulla unità della lingua italiana

Alessandro Manzoni

Appendice alla relazione intorno all'unità della lingua e ai mezzi di diffonderla

Verum enim invenire volumus, non tanquam

adversarium aliquem convincere.

Cic. de Fin., Lib. I.

Eletto, con eccessiva indulgenza, dal Signor Ministro della Pubblica Istruzione alla presidenza d'una Commissione incaricata « di ricercare e di proporre tutti i provvedimenti ed i modi coi quali si possa aiutare e rendere più universale in tutti gli ordini del popolo la notizia della buona lingua e della buona pronunzia », l'autore del presente scritta ebbe l'onore di rassegnarli, in nome suo e de' membri della suddetta Commissione residente in Milano, una Relazione riguardante principalmente il vocabolario, come uno de' mezzi più adattati all'intento. Poco dopo, l'illustre Vicepresidente della Commissione medesima, il commendatore Lambruschini, a nome e suo e dall'altra parte della Commissione, residente in Firenze, presentò al medesimo signor Ministro un'altra relazione, nella quale l'estensore della prima ha trovata un'interpretazione delle sue parole, non in tutto conforme al pensiero ch'egli aveva creduto d'esprimere.

Lo scopo di dimostrare al pubblico ch'egli abbia voluto dire una cosa piuttosto che un'altra, sarebbe (nessuno lo sente più di lui) non solo frivolo, ma ridicolo. Ma (ed è ciò che lo determina, e gli dà animo a scrivere) crede di vedere in questa differenza un mezzo opportuno per mettere più in chiaro un punto importantissimo nell'ordine di cose a cui appartiene; giacchè la questione del vocabolario include, di sua natura, la questione della lingua.

Nel trattar questo assunto, una cosa gli sarà certamente facile, cioè quella di conciliare la libertà concessa, anzi richiesta, dalla discussione, col rispetto dovuto a una persona tanto chiara e per le sue nobili qualità e per la sua dottrina, e benemerita anche nel particolare della lingua, per utili precetti speciali, e per l'esempio di colto e purgato scrivere.

Principio dal riferire i passi della Relazione di Firenze, de' quali intendo parlare.

« Principale proposta è il Vocabolario. La compilazione di questo libro necessarissimo non è parsa a noi troppo malagevole, nè da richiedere troppo lungo tempo. Se non abbiamo mal compreso il pensiero del nostro Presidente, non si tratta qui dell'intiero Dizionario della lingua ad uso delle persone di lettere; ma d'una raccolta sufficientemente compita e da potersi successivamente ampliare, delle parole, e sopratutto dei modi, che presi dalla lingua vivente, servono all'uso giornaliero di tutte le persone civili. Ora noi possediamo già vocabolari, dove insieme con la lingua più propria dei libri, son registrati vocaboli, costrutti e maniere cavate dalla lingua viva, e da potere costituire veramente la favella generale d'Italia.

« Da questi documenti è facile, procedendo per eliminazione, cavare la vera lingua parlata e da parlarsi, aggiungendo a schiarimento ed ajuto alcune brevi dichiarazioni e frasi opportunamente scelte da Toscani periti del parlare nativo non illustre e non plebeo: a guisa che è stato fatto, e a noi può servire d'esempio, dall'Accademia di Francia.

« Primo fra questi documenti noi teniamo il nuovo Vocabolario della Crusca. Spiacevole cosa è certamente che di quest'opera non si abbia più che le due prime lettere; ma in questi due volumi è già un tesoro di modi vivi e sinceri, che saranno una buona messe pel vocabolario desiderato.....

« Abbiamo poi due vocabolarj del signor Fanfani: abbiamo già condotto molto innanzi il Dizionario compilato dal Tommaseo e dal Bellini; abbiamo altri libri che trattano specialmente del linguaggio di certe arti: e da tutte queste fonti, come dalla perizia di chi attende alla compilazione di un Vocabolario usuale, non sarà (ripetiamo) nè malagevole, nè lunga opera attingere quella che possa divenire lingua comune italiana. »

Qui, per arrivare a stabilire i termini della questione, è necessario un breve schiarimento intorno a due punti.

L'illustre relatore di Firenze suppone, come s'è potuto vedere, che nella relazione di Milano non si tratti dell'intero Dizionario della lingua, e che questo deva essere un tutt'altro lavoro, a uso delle persone di Lettere.

In quanto al primo, non si può a meno di non avvertire che, affermando, come s'è fatto nell'accennata Relazione, che « una lingua è quanto dire una lingua intera »; anzi col solo adoprare in senso assoluto i termini di « lingua » e di « vocabolario », s'è inteso veramente di significare un intero vocabolario d'una lingua intera.

In quanto al secondo, l'autore della Relazione suddetta, col rammarico di doversi opporre così apertamente a persone, con le quali gli sarebbe non meno grata che onorevole ogni occasione di poter consentire, è costretto a dichiarare che, lungi dal supporre che ci possa essere un intiero dizionario della lingua, a uso particolare delle persone di lettere, come richiede evidentemente il senso del passo citato, crede che un tale concetto non possa altro, che far perdere di vista cosa sia in fatto una vera lingua, e per conseguenza quale abbia a essere il suo vero vocabolario; e quindi crede che, se un tal concetto venisse adottato generalmente, si dovrebbe abbandonare anche la speranza d'avere il vocabolario della lingua intera, del quale l'Italia abbisogna; crede, che il criterio logico per comporre tal vocabolario, si deva prendere dal fatto che costituisce una lingua qualunque e nel tutto e in ogni sua parte, quale è l'Uso.

Ogni lingua infatti è un composto di vocaboli e di modi di dire, che si possono mutare, dal primo fino all'ultimo, e si vanno effettivamente mutando, a poco a poco, s'intende. E nondimeno ogni lingua è una; tanto che può avere e ha un suo nome proprio, con cui si distingue dall'altre. E perchè ciò possa avvenire, come avviene, è di stretta necessità, che in tutti gli elementi che compongono una lingua, ci sia, in ogni suo momento, qualcosa d'identico, che costituisca una tale unità, e sia un mezzo di riconoscere e d'affermare logicamente che un vocabolo o un modo di dire qualunque appartiene a una data lingua, e di far quindi una compita raccolta, di tutti, per quanto è possibile; e questo qualcosa è appunto l'Uso, e null'altro che l'Uso.

Che poi, nel caso nostro, l'unico mezzo per l'Italia d'arrivare a una lingua comune di fatto, sia quello di prender l'Uso di Firenze, è ciò che, s'è già cercato di dimostrare e nella Relazione di Milano e in altri scritti; e potrà venire, anche in questo, l'occasione d'addurne un qualche novo argomento.

Ma, col parlare unicamente del vocabolario della lingua intera, s'è forse inteso, in quella Relazione, di negar che si possa comporre logicamente ed utilmente una raccolta, più o meno limitata, di voci e di modi di dire che facciano parte d'una lingua? Neppur per idea; che anzi il concetto di lingua include una tale possibilità. Posto, infatti, che l'Uso è quell'unico carattere, che si trova in tutti i componenti d'una lingua, ne segue che un qualunque numero di essi ha una ragione di star da sè, e che, tra un vocabolario intero, e una raccolta limitata di vocaboli e di modi [di] dire, non corre altra differenza, che della quantità, e servono l'uno e l'altra, certo in disugual misura, ma in ugual modo, a diffondere una lingua. Qualunque raccolta di tal genere, o grande o piccola, composta con un tale o con un tal altro disegno, o anche a caso, è un tanto d'una lingua intera, all'unità della quale partecipa per l'Unità dell'Uso. Valga per un esempio, tra molti che si potrebbero addurre, quel piccolo numero di voci e di modi toscani, che l'Alfieri messe in carta, per averli sentiti usare qua e là in Firenze : cosa (sia detto per, incidenza) che non pare essergli venuto in mente di fare nell'altre città d'Italia, dove passò qualche tempo: Sarà stato probabilmente per effetto di quella stessa ubbia che, nel luogo della sua vita dove racconta d'essersi messo, nel suo primo soggiorno in Firenze, a studiar la lingua inglese, gli ha fatto aggiungere: « invece d'imparare dal vivo esempio dei beati Toscani a spiegarmi almeno senza barbarie nella loro divina lingua ». Non riflettè che doveva dire « dialetto », perché la lingua non è loro, ma di tutti gl'Italiani. Comunque sia, mi pare d'aver detto abbastanza per poter concludere che ogni raccolta di vocaboli e di modi di dire ricavati da un Uso vero è una parte integrale d'un intero vocabolario, fatto o da farsi; e parte utile e importante in proporzione dalla sua mole.

Era necessario premettere anche questa avvertenza, perchè, dovendosi nel presente scritto trattar di novo del vocabolario intero, come del mezzo che corrisponde all'intento totale di diffondere un'intera lingua in Italia, il lettore abbia per sottinteso che tutto ciò che si dirà d'un tal vocabolario sarà applicabile (in proporzione, s'intende) a qualunque raccolta di voci e di modi di dire, e anche un vocabolo suo.

Poste tutte queste premesse, mi pare che la questione si possa ridurre a due capi: la materia di cui deve esser composto il vocabolario, e il metodo da seguirsi nel comporlo.

Riguardo al primo si cercherà di dimostrare: Che vocabolario ad uso speciale degli uomini d'una professione, e vocabolario intero d'una lingua, sono due termini che s'escludono a vicenda; e che la materia d'un tal vocabolario non può essere che la medesima, e per le persone di lettere, e per le persone civili.

E non già per queste due classi sole, che sarebbe una restrizione non meno arbitraria, quantunque meno esorbitante; ma per tutti gli ordini del popolo, secondo i termini della Proposta citata sul principio, e secondo richiede la cosa medesima. Infatti una lingua è, in quanto è comune a un'intera società, cioè a tutte le classi, più o meno chiaramente distinte, che la compongono, e a ciascheduna, s'intende, in proporzione dell'idee, che è quanto dire de' vocaboli, di cui usa. E un vocabolario, per essere, fin dove può, il rappresentante d'una lingua, deve comprendere tutti, fin dove può, questi vocaboli comuni; i quali, se non m'inganno, sono, di gran lunga, la massima parte delle lingue. E se ciò non appare alla prima, è perchè le cose differenti attirano più l'attenzione, che le uniformi. Chi vuol farsene un'idea, riguardo a questo fatto particolare, pensi un momento, di quante e quante cose possano discorrere insieme, coi medesimi termini, l'uomo più dotto e qualunque uomo del volgo. Questa comunanza poi può crescere, e è desiderabile che cresca, con l'accrescersi delle cognizioni nelle classi che ne sono più scarse. E come a un tale effetto può servire in sommo grado il pubblico insegnamento, così a questo nulla può meglio servire d'un repertorio nel quale gl'insegnanti medesimi trovino, per poterli trasmettere alle nove generazioni di tutte le classi, e i vocaboli con cui esprimere in un modo unico e uniforme le idee che già possiedono, e i vocaboli con cui acquistarne delle nove.

Ma nella discussione presente, a noi basta il trattare la questione come la troviamo posta, cioè tra le persone di lettere e le persone civili. Riguardo poi al metodo, la Relazione di Firenze non tratta veramente di quello che sia da applicarsi al vocabolario intero, ma solamente ad una « raccolta sufficientemente compita di parole e di modi presi dalla lingua vivente ». Essendosi però esposte qui sopra le ragioni per cui il metodo, in questo affare dev'essere uno solo, tanto nel grande, quanto nel piccolo, le osservazioni che ci verranno fatte su quella proposta speciale, serviranno a dimostrare (sempre per quanto si potrà) quale sia, in ogni caso, il metodo richiesto insieme e indicato, e dall'intento e dalla materia.

I.

Nelle diverse arti, e liberali e meccaniche, come anche nelle scienze, ci sono due sorte di vocaboli o, più in genere, di locuzioni: alcune d'Uso comune, altre, in numero incomparabilmente maggiore, d'un uso ristretto a quegli artefici e a quegli scienziati. E perchè ciò? Perchè non hanno, meno in alcuni casi, l'occasione di parlare, se non tra di loro, d'una gran quantità d'oggetti, di fenomeni, d'operazioni, significate da quelle locuzioni. E appunto perchè tali locuzioni non sono dell'Uso comune (anzi non ci potranno mai entrare, nè in tutto, nè in gran parte, attesi i limiti naturali della memoria umana), l'essere omesse nel vocabolario dell'Uso comune non toglie che un tale vocabolario sia riconosciuto da tutti come intero, in quanto ha uno scopo suo proprio, ragionevole, pratico, e dei limiti corrispondenti ad esso. Chi potrebbe volere, e nemmeno immaginarsi, un vocabolario che contenesse, per esempio, i termini relativi alle arti dell'architetto, dell'oriolaio, dello stampatore, e dell'altro, che si trovano nel Prontuario del benemerito Carena o, non che altro, i dugento trenta e più vocaboli che servono ai botanici per denotare i soli caratteri delle foglie?

Per conseguenza, quand'anche nel fatto delle Lettere, accadesse ciò che s'è detto delle arti e delle scienze, non s'avrebbe a far altro che a registrar nel vocabolario della lingua i termini relativi alle Lettere che fossero nell'Uso comune, rimettendo gli altri a un vocabolario particolare, come si fa in quegli altri casi; e il vocabolario della lingua riuscirebbe intero, nè più nè meno.

Ma il caso non è nemmeno lo stesso. Non avendo le Lettere, come l'hanno l'arti e le scienze, una loro materia particolare, composta d'oggetti e d'operazioni. ignote in parte: anche alla porzione, civile e colta del pubblico, non hanno, per conseguenza, una particolare nomenclatura a uso di quelli soli che le professano. Il titolo di Persona di Lettere, nella comune accezione del vocabolo, si applica a chi scrive in materie relative alla cultura dell'ingegno umano, distinte bensì, fino a un certo o a un incerto segno, dalle arti e dalle scienze, ma non aventi, come ognuna di quelle, un oggetto unico e interamente loro. Comprendono, per accennarne qualcosa, ogni genere d'eloquenza e di poesia, lavori d'immaginazione in qualunque forma, e anche scritti composti senza neppur prevedere che potessero diventar monumenti letterari, come è avvenuto di qualche raccolta di lettere missive e, per esempio, di quelle di Cicerone e, tra i moderni, di quelle del Caro, e di quelle inimitabili di Madama de Sévigné. Tali sono ugualmente certi discorsi nemmeno scritti da' loro autori, ma composti e recitati all'improvviso, e per occasioni non prevedute, per esempio in qualche assemblea politica: discorsi, ad alcuni de' quali toccò la sorte d'esser citati come modelli d'eloquenza. Gli stenografi, che gli raccolsero dalla viva voce, e gli scrissero, non li fecero, di certo, passare con ciò da una lingua in un'altra.

Come attinenti alla letteratura si riguardano ancora gli scritti teorici intorno alla grammatica, alla lingua, allo stile, o che trattano, più in genere ancora, del Bello, e sono in parte applicabili anche alle arti, perciò chiamate belle; giacchè, insieme con la diversità dei mezzi, c'è tra queste e le Lettere un fine comune; anzi trattano spesso i medesimi soggetti.

Ora, che c'è egli mai, e che ci può essere in que' vari lavori composti dalle persone di Lettere, appunto perchè siano letti dalle persone civili, o anche da un maggior numero, o sentiti recitare, sia ne' teatri, sia in discorsi pubblici di qualunque genere; che, c'è egli, dico, che sia riservato a uso particolare delle persone di Lettere? E se tali lavori sono fatti perchè siano intesi e gustati anche da altri, che dagli uomini della professione, bisogna pure che questi altri conoscano i termini destinati a significare le qualità che approvano, che ammirano, i difetti che trovano in que' lavori. Tra chi parla e chi ascolta, tra chi scrive e chi legge, ci deve essere, di necessità, un linguaggio comune. E per conseguenza, dovranno que' termini, come parte integrale dell'Uso, esser registrati nel Dizionario della lingua.

Quello dell'Accademia Francese, al quale m'appello con maggior fiducia, vedendolo citato nella Relazione di Firenze, come atto a servir d'esempio, è certamente il Dizionario dell'Uso Francese. Nella prefazione di esso, dopo fatta menzione de' tentativi mal riesciti di formarlo sopra esempi cavati dai libri, è detto: On résolut de revenir ?l'usage, et de composer le Dictionnaire, non des auteurs, mais de la langue . Ora, chi dicesse a quegli accademici: Voi non ci avete dato che il Dizionario dell'Uso; dateci ora l'intiero Dizionario della lingua ad uso delle persone di Lettere, non so se intenderebbero cosa si volesse da loro. Ma intorno a questo Dizionario avremo più d'una volta occasione di entrare in maggiori particolari.

O forse quelle parole vogliono significare, più in genere, una dicitura, un frasario applicato a diverse materie, separato e diverso dall'Uso comune, e adoprato dalle sole persone di Lettere; e anche da loro, solamente quando scrivono? Le parole: « la lingua più propria dei libri ? che vengono quasi subito dopo le citate, parrebbero accomodarsi a una tale interpretazione. Ma senza attribuire ad esse un senso più esteso e più risoluto, che non sia forse quello che intese l'illustre Relatore; e poichè il concetto d'una lingua scritta e d'una lingua parlata (due lingue in una!) è ammesso da molti, poichè inoltre un tale concetto è, a mio credere, un effetto e una cagione, a vicenda, della confusione d'idee che regna tra di noi in materia di lingua, credo che possa tornar utile il farci sopra qualche osservazione.

Ci fu senza dubbio, in un' epoca, una lingua propria de' libri. L'epoca era il medio evo; e la lingua, il latino. Ma quando, nelle nazioni che si trovavano in una tal condizione, si principiarono a comporre libri in idiomi viventi, allora si potè intravvedere la fine di quel tristo divorzio tra i dotti e il pubblico. E come mai, in un tal momento, avrebbero i libri potuto mantenere l'infelice privilegio d'avere una lingua propria? S'inventarono forse a un tal fine delle lingue nove, che non fossero nè il latino, nè un volgare? E con quali mezzi, con quali elementi? E ci sono forse idee che non possano essere espresse che con note alfabetiche, mentre queste, come disse benissimo uno scrittore, non sono altro che segni dei segni vocali? E se delle locuzioni venute fuori prima ne' libri, passano, per mezzo de' loro lettori, nel discorso (cosa non solo possibile, ma desiderabile, quando tali locuzioni abbiano un significato utile) come si potrà dire che fossero d'una lingua propria de' libri?

I Dialoghi di Platone, i quali sono altrettanti libri, e che, appunto per essere lavori d'un uomo tale, e nato e vissuto in mezzo a un Uso vero e reale, dovevano imitare un vero discorso, erano lingua scritta, o lingua parlata? Erano lingua attica, che voleva dire e discorsi e libri.

Lo Specchio della Vera Penitenza è, non solo un libro, ma uno di quei libri che dalle persone di Lettere per eccellenza sono proposti per esemplari di bona lingua. Ora, in qual lingua il bon frate Jacopo Passavanti intendesse di scriverlo, sentiamolo da lui. « Provocommi l'affettuoso priego di molte persone spirituali e divote, che mi pregarono, che quelle cose della vera penitenza, che io, per molti anni e spezialmente nella passata quaresima dell'anno presente, cioè nel mille e trecento cinquantaquattro, aveva volgarmente al popolo predicato, ad utilitade e consolazione loro, e di coloro che le vorranno leggere, le riducessi a certo ordine per iscrittura volgare, siccome nella nostra fiorentina lingua volgarmente io l'avea predicate ». Se erano in una lingua propria de' libri, era anche stata un'incongruenza il predicarle al popolo; se non lo erano, come lo divennero con l'essere trasportate in un libro?

Tra i libri francesi, le Lettere Provinciali di Biagio Pascal segnano, riguardo alla dicitura usata ne' libri, il principio d'una nova e stabile maniera. Si può dire di esse, come dell'ingegno d'Ortensio disse Cicerone, che ? L'apparire e il sodisfare fu tutt'uno ; ? e un tal giudizio non fu mutato mai. Tra le infinite testimonianze di ciò, basterà citare questa del Voltaire: « Il primo libro di genio che si vede in prosa, fu la raccolta delle Lettere Provinciali, nel 1654. Comprendono ogni genere d'eloquenza. Non c'è in esse un vocabolo che in cento anni, sia stato soggetto al cambiamento che altera spesso le lingue vive. A quell'opera si deve riferire l'epoca della fissazione del linguaggio ». E in qual lingua furono scritte le Provinciali? In quella naturalmente che era richiesta, anzi imposta, dallo scopo del loro autore. Voleva il Pascal portare davanti al pubblico, delle questioni trattate da pochi e per pochi, e la più parte in latino; doveva, per conseguenza, scrivere nella lingua del pubblico.

Sarebbe una cosa facile, ma anche non necessaria, l'aggiungere altri esempi di questo genere; e si poteva anche, far di meno degli addotti, per chi voglia osservare che, non c'essendo nel fatto, nè riguardo alla materia, nè per conseguenza, riguardo ai vocaboli, una separazione naturale e necessaria tra una lingua ad uso delle persone di Lettere, e una all'uso giornaliero delle persone civili, non ci può essere in un tale concetto una regola per comporre il vocabolario di cui l'Italia ha bisogno. Se una lingua, propria esclusivamente degli scritti, fosse possibile a questi tempi, vorrebbe dire, come fu nel medio evo, una società incolta e una letteratura morta.

Ma siccome la Relazione di Firenze allega un esempio, per dimostrare col fatto la possibilità d'una tale separazione, così divien necessario l'esaminare se un tale esempio possa fare al caso. Trascrivo qui di novo le parole relative ad esso, che sono state citate sopra, in un brano più esteso

« Da questi documenti è facile, procedendo per eliminazione, cavare la vera lingua parlata e da parlarsi, aggiungendo a schiarimento ed ajuto, alcune brevi dichiarazioni e frasi opportunamente scelto da' Toscani periti nel parlare nativo non illustre e non plebeo: a guisa che è stato fatto, e a noi può servire d'esempio, dall'Accademia di Francia. »

Certo, non se ne potrebbe prendere uno migliore. Ma confesso di non vedere come possa quadrare alla raccolta proposta nella Relazione citata, e proposta come qualcosa di diverso dall'intero Dizionario d'una lingua.

Dei due estremi indicati in quella, come esclusi dal Dizionario dell'Accademia Francese, l'illustre e il plebeo, il secondo presenta un senso chiaro e netto. Per « Plebeo », intende ognuno un numero di locuzioni usate dalla parte più rozza della popolazione, e che questa parte medesima è tanto lontana dal voler imporre alle persone civili, quanto queste sarebbero fontane dall'accettarle. La difficoltà, per me almeno, è quella di trovare nel francese un'espressione corrispondente al vocabolo « Illustre » adoprato in quella Relazione a significare l'altro estremo, che sarebbe ugualmente escluso dal Vocabolario destinato all'uso delle persone civili.

Questo vocabolo, in materia di lingua, è tutto nostro, e venuto da una teoria tutta nostra ugualmente, e, secondo la quale, la lingua italiana sarebbe un fatto sui generis, e credo unico al mondo, dove delle lingue ce n'è pur tante; un fatto che noi non abbiamo imitato da nessuno, e che a nessuno (si può predire senza temerità) verrà mai in mente d'imitare da noi, cioè una lingua formata artifizialmente con vocaboli raggranellati da tutti i vari idiomi d'una nazione, e non parlata in nessuna parte del paese medesimo. Con quale processo poi sia stata formata; se da un uomo, o da vari; e questi, o concertati tra di loro, o facendo ognuno da sè, e riusciti poi mirabilmente d'accordo; se, viaggiando in tutte le parti d'Italia, o avendo in altro modo raccolti e comparati tutti i suoi idiomi, per far la scelta opportuna; se in una volta sola, di maniera che questa lingua sia compita e rimanga immutabile, o se il lavoro continui, e come ciò apparisca; non se n'è parlato, nè se ne parla, come di cose che s'intendano da sè. A ogni modo, i Francesi, che hanno bensì il vocabolo Illustre, non l'adoprano, nè nel senso nostro, nè in un senso qualunque analogo al nostro, poichè non hanno nemmeno il concetto della cosa a cui si applica da noi. I loro termini che, abbiano una qualche vaga e lontana affinità con quello, avrebbero a essere gli epiteti Élevé, Soutenu. Ora, la prova manifesta, che tali qualità non furono considerate da quegli Accademici come un motivo d'escluderli dal loro Vocabolario, e da esser riservati a un altro, a uso delle persone di Lettere, è che gli hanno registrati in quel Vocabolario, che è quello dell'Uso senza restrizioni. Così, per addurne qualche esempio, alla voce Pleurs, dopo aver citati gli esempi degli usi più frequenti di essa, aggiunsero: Il se dit quelquefois au singulier dans le style élevé; alla voce Murmure, registrarono le frasi: Le murmure du coeur, le murmure des passions, e altre simili, con questa avvertenza: Ces expressions appartiennent au style soutenu: alla voce Rejeton, aggiunsero: Il s'employe figurément dans le style soutenu et en poésie, pour signifier Enfant, Descendant, così avvertirono che Nourrisson se dit quelquefois figurément pour élève dans le style soutenu: Les nourrissons des

Muses; che nello stile medesimo, la locuzione Les restes d'une personne, s'adopra a significare il suo cadavere, le ossa, le ceneri. Di più, registrarono anche i vocaboli e i modi di dire appartenenti allo stile poetico, come Autan, Lares, Lustre per lo spazio di cinque anni, Cygne, per poeta, Les sombres bords, L'onde noire, La courrière des nuits, Le démon des combats, Les jeux sanglants de Mars, Les pavots du sommeil, Les oiseaux de la Parque; la più parte delle quali e d'altre simili, se a uno straniero è lecito metter bocca in tale materia, crederei che, dopo l'ultima edizione di quel Vocabolario, siano state messe anche dai poeti nell'arsenale delle vecchie masserizie. Registrano ugualmente le denominazioni de' vari generi di componimenti letterari, con le rispettive definizioni, e i termini appartenenti sia alla grammatica, sia alla critica. Quindi l'esempio di quel Vocabolario, lungi dal dare alcun lume per riconoscere un « Illustre » escluso da esso, ci presenta un saggio del come la parte d'una lingua, che appartiene allo stile più scelto, possa e deva tenere il suo luogo nel Vocabolario dell'Uso, qual parte dell'Uso medesimo; per la stessa ragione e nella stessa misura che in un tale Vocabolario sono compresi e distinti con particolari indicazioni altri stili, come il famigliare, lo scherzevole, il popolare (non plebeo, che non si riguarda come stile), lo stile del foro, lo stile degli affari. Abbiamo insomma, se non m'inganno, trovata occasionalmente in quel Vocabolario una dimostrazione pratica della tesi posta per la prima in questo scritto, cioè che non si possa trovare nel fatto una linea di separazione, un punto in cui le persone di Lettere possano dire alle persone civili: Huc usque venies; e che il Vocabolario della lingua, per essere intero, e poter servire all'uso giornaliero di tutte le persone civili, e costituire veramente la favella generale d'Italia, deva contenere anche la parte relativa alle Lettere: ciò che non significa essere ad uso speciale delle persone di Lettere, anzi il contrario.

Limitando a queste osservazioni ciò che riguarda la materia del Vocabolario, passo all'altro dei due capi accennati da principio, cioè al metodo da seguirsi nel comporlo. E anche per questa parte, il Dizionario dell'Accademia Francese ci potrà somministrare un esempio vivo e opportunissimo.

II.

Nella Relazione di Firenze è proposto, come s'è potuto vedere dal brano trascritto qui sopra, un processo con cui cavare, per eliminazione, da diversi Vocabolari e da altri scritti, una raccolta di parole, di costrutti e di maniere della lingua viva, che ci si trovano mescolate con la lingua propria dei libri.

Non posso qui a meno di non osservare che questo processo (credo affatto novo) d'eliminazione, essendo fondato su de' fatti particolari ed accidentali, non potrebbe conciliarsi col principio generalmente riconosciuto che ogni metodo deva avere una sua propria norma ricavata dalla natura del soggetto a cui s'abbia a applicare.

Si vuol forse dire con questo, che i compilatori d'un novo vocabolario non devono profittare dell'aiuto de' vocabolari antecedenti, ne' quali, invece d'andar cercando, come a tasto, nella loro memoria ogni vocabolo, ne trovano una certa quantità, che possono servire, per quella parte, come di proposte e di suggerimenti immediati? Tutt'altro; ma ho detto, proposte, suggerimenti, mezzi di provocare la memoria, non decisioni da accettarsi a priori, senza aver altro a fare, che levarle, dalla mescolanza in cui si trovano, e trascriverle; giacchè dovendo que' compilatori seguire, come s'è detto, una norma prescritta dal soggetto medesimo, non devono, per conseguenza riconoscere altre autorità, le quali, per quanto rispettabili, non potrebbero essere, se non arbitrariamente accettate.

Mi sia permesso anche d'osservare che la Relazione stessa di Firenze, volendo che, a ciò che si sarà ricavato da que' documenti, « s'aggiungano a schiarimento ed ajuto, alcune brevi dichiarazioni e frasi opportunamente scelte da Toscani periti del parlare nativo », viene a conceder loro un'uguale facoltà sul tutto; non c'essendo tra quella prima parte di vocaboli, e quest'altra da potersi aggiungere, veruna immaginabile differenza, fuorchè quella materiale, prodotta da un mero caso estrinsico.

All'intento che s'è detto sopra, potranno poi anche servire, in una maniera indiretta, i più copiosi tra i Vocabolari di dialetti italiani, suggerendo con de' loro vocaboli e modi di dire i corrispondenti toscani , e nella stessa maniera, anche qualche Dizionario di lingue straniere, e segnatamente, quello dell'Accademia Francese, per la copia de' suoi materiali della quale avremo or ora l'occasione d'inserire un saggio.

Non è del nostro argomento il trattare delle norme speciali e pratiche per la composizione d'un vocabolario, ma solamente il mettere in chiaro quale ne deva essere la norma fondamentale. Anzi, se non m'inganno, la cosa si può dir fatta. Posto che l'Uso sia la propria materia d'un vocabolario, ne segue che il criterio per sceglierne i materiali non possa esser altro che l'Uso medesimo: criterio che, appunto per essere il vero, è anche e il più fecondo, perchè applicabile alla lingua tutta quanta, e il meno esposto al grandissimo inconveniente di risultati diversi, avendo per unico subietto un fatto manifesto nella sua massima parte.

Ma come ognuno sa, gli esempi hanno una molto maggiore efficacia de' ragionamenti, per dilucidar le questioni. E in questo caso ne abbiamo in grande abbondanza, secondo s'è accennato dianzi, nel Dizionario dell'Accademia Francese.

Ne copierò qui per saggio alcuni articoli interi, e d'alcuni altri una parte relativa a qualche loro accezione speciale. E perchè il paragone è atto a rendere ancor più efficace quel mezzo, metterò a riscontro gli esempi corrispondenti, presi dal Vocabolario della Crusca, dell'ultima edizione compita (1738), come il più celebre e accreditato tra i vocabolari italiani.

Nessun lettore, spero, s'immaginerà di vedere in questa scelta uno strascico, o una ripresa dell'acerba e sterile guerra mossa, circa mezzo secolo fa, a quel Vocabolario da varie parti d'Italia. Sarebbe anzi, credo, una cosa facile, se l'argomento lo richiedesse, e se lo permettesse lo spazio, il dimostrare, con la scorta del principio propugnato in questo scritto, che quella sterilità, era un effetto necessario dell'essere, nelle norme proposte per un novo Vocabolario, dimenticate le condizioni naturali e necessarie delle lingue, ancor più che nel vocabolario combattuto; e nell'esserci aumentate le cause di confusione e di contradizione, con la moltiplicità de' criteri per scegliere i vocaboli, aggiunta alla duplicità che, come avremo or ora occasione d'osservare, viziava già quello nella radice. Le passioni municipali poi, che aiutarono pur troppo a inasprir quella guerra, qui non c'è neppur bisogno di guardarsene, giacchè sono levate di mezzo dall'assunto medesimo.

Per non tramezzar troppo lungamente il discorso, metterò qui uno solo de' saggi comparativi accennati, trasportando gli altri alla fine dello scritto.

DICTIONNAIRE VOCABOLARIO

de l'Acadéie française degli Accademici della Crusca

Question, se dit aussi d'une QUESTIONE. Lo stesso, che

proposition qu'il y a lieu Quistione, ma non si userebbe

d'examiner, de discuter. forse in tutti sentimenti di

Quistione.

Question de logique, de phisique,

de théologie, de morale, d'histoire, Cas.: let.: 75. « Voi averete nella a

de jurisprudence, etc. Grande politica d'Aristotile la vostra

question. Question difficile, questione decisa per i suoi

importante, épineuse. Question principj. »

intéressante, curieuse. Question

problématique. Question QUISTIONE. Per dubbio o

insoluble. Question simple. proposta, intorno alla quale si dee

Question composée ou complexe. disputare: . Bocc. g. 6. p. 5. «

Examiner, traiter, agiter une Dioneo questa è quistion da te, e

question. Diviser une question. perciò farai ec., che tu sopr'essa

Proposer une question. Soulever dei sentenzia finale. E Concl. 2

une question. Résoudre une Quasi a tacite quistioni mosse, di

question. Vider la question. rispondere intendo. Nov. ant. 52. l.

Détourner, déplacer une question. Fece a Marco una così fatta

Vous embrouillez la question, au

lieu de l'éclaircir. La question

roule sur ce que.... De cette quistione. Dante Pur. 4. Queste

question, il en nait plusieurs son le quistion che nel tuo velle

autres. Vous donnez pour réponse Pontano igualemente. E 24.

ce qui est en question. Cela est Siccome 'l baccellier s'arma, e non

hors de doute, il ne faut pas le parla. Finchè 'l maestro la

mettre en question. Question de question propone. »

droit. Question de fait. Question

d'état. Toute la question se reduit à

ce point. Voilà le noeud, le point

de la question. Vous n'entendez

pas la question. Ce n' est pas là la

question. Vous n'êtes pas dans la

question. Vous êtes hors de la

question. Entrer dans la question.

Sortir de la question: Revenir à la

question. Rentrer dans la question.

Je vous rappelle à la question:

Aborder la question. Poser l'état

de la question. Changer l'état de la

question. Mettre une question sur

le tapis. La question a été jugée,

décidée. Ce n'est pas, ce n'est plus

ferai-je pas? c'est la question,

voilà la question, toute la

question.

La distanza d'un secolo, che passa tra le edizioni dei due Vocabolari, non basta certamente a spiegare la sproporzione della materia tra i due esempi; giacchè sarebbe cosa assurda il supporre che, nel 1738, la lingua toscana, fosse tanto indietro, tanto priva di mezzi per esprimere concetti tanto ovvi, tanto immediati, quanto apparirebbe dall'articolo citato. La causa d'una tale sproporzione è facile a trovarsi nella differenza de' metodi tenuti dai due Vocabolari, e che sono enunciati nelle rispettive prefazioni. Di quella dell'Accademia Francese abbiamo già riferito, in un'altra occasione, il passo relativo, che giova rimetter qui sotto gli occhi del lettore. . « Si risolvette di tornare all'Uso, e di comporre il Dizionario, non degli autori, ma della lingua ». Ecco ora la dichiarazione degli Accademici della Crusca: « Siamo pertanto nella scelta delle voci che in questi volumi si sono collocate, andati dietro all'autorità, e all'uso, due signori delle favelle viventi ».

Il vizio essenziale accennato dianzi, d'un tal metodo, e che doveva necessariamente produrre inconvenienti del pari essenziali, è l'essere opposto a una legge fondamentale del ragionamento. Due signori daranno necessariamente due decisioni, le quali potranno non essere conformi. E in questo caso, o ci sarà un principio, in virtù del quale si deva dare la prevalenza a una di esse, e questo sarà il vero, e per conseguenza, l'unico signore. O non ci sarà, e allora la scelta non potrà esser fatta che dall'arbitrio; e, per aver prese due regole, non se ne avrà nessuna.

Ma, come è impossibile l'andar dietro a due signori che non vadano necessariamente insieme, perchè un assunto contradittorio ne efficit quidem quod vult ;

E per l'autorità ci siamo valuti di quei purissimi scrittori, che nel decimoquarto secolo fiorirono, o in quel torno, e in mancanza d'essi, d'altri autori, che le loro scritture hanno distese in quello stile, che a' buoni tempi fioriva, da' quali gli esempli si sono tratti, in confermazione de' vocaboli più moderni, introdotti nell'uso. Alcuni però nè pur coll'esempio dei moderni si son potuti confermare, per non c'esser venuto fatto l'incontrarli in alcuni degli autori approvati; ma perché sono comunissimi, e in bocca tutto dì a quelle genti, che pulitamente favellano, e in tal forma si trovano collocati ne' primi nostri Vocabolarj, non gli abbiamo nè pur noi lasciati addietro. Può ben essere, che al desiderio d'alcuni appaia, che noi siamo stati in questo anzi parchi, che no, perchè vi avrà forse persona, che avrebbe amato, che noi avessimo aggiunti tutti, e la maggior parte di quei vocaboli, che paiono buoni, se non anche necessarj, o almeno certo di molto uso, ma siamo voluti andare in ciò ritenuti, fino che da tersi, e regolati scrittori non saranno per avventura quando che sia, nelle loro composizioni adottati, e per tal convenente verranno nella nostra Toscana favella ad acquistare stabile domicilio, e allora toccherà a coloro, che si brigheranno di ristampare quest'opera, ad aumentare di essi i loro volumi ».

Ed ecco manifesta la cagione della prodigiosa scarsità de' materiali di quel Vocabolario nel saggio addotto per confronto: l'averli cercati, non in una lingua viva e intera, che è appunto la totalità di quelli che servono a una società d'uomini, per esprimere tutti i concetti che le sono comuni, ma in iscrittti, in cui non c'è una ragione per cui questa totalità ci sia, nè, sarebbe ragionevole il supporre che ci si possa trovare per accidente. Oltre il vizio essenziale della circoscrizione arbitraria della materia, il metodo, di cui si tratta ne ha un altro ugualmente essenziale; ed è che, mentre intende di fondarsi principalmente sull'autorità (mezzo certamente necessario e fondamentale per formare logicamente un Vocabolario) l'esclude in fatto, opponendola all'Uso, che solo la può avere, e attribuendola a ciò che non la può avere in nessun modo. Infatti, per chiunque cerchi nelle parole l'essenze delle idee, l'autorità è una e concorde con sè stessa, repugnando alla ragione, che due decisioni contrarie sieno autorevoli tutt'e due. Ora, è una cosa evidente, che una tale unità e concordia non si trova di fatto, nè c'è una ragione perchè si deva trovare in que' purissimi scrittori e negli altri a cui la Prefazione citata attribuisce l'autorità, ma bensì nell'Uso a cui è negata implicitamente in quella: poichè, mentre gli scrittori proposti per autorevoli possono, e contradirsi tra di loro, e ciascheduno, con sè medesimo, l'Uso, come disse benissimo non mi rammento quale scrittore, non può essere opposto all' Uso. È bensì vero che nelle lingue, come in tutte le cognizioni umane, insieme con le certezze, si trovano i dubbi. E riguardo al punto speciale di cui si tratta, ci sono, alle volte, due o anche più vocaboli adoprati da diverse persone, e aventi un medesimo significato, senza che uno prevalga manifestamente all'altro, o agli altri; ma in questi casi, che sono necessariamente un numero incomparabilmente minore, l'Uso non è formato, non esiste; non c'è un'autorità che contradica a un'altra, ma semplicemente un'autorità che incontra (cosa affatto naturale) dei limiti. Limiti, del rimanente, che l'Uso medesimo potrà abbattere; in vari casi; o smettendo affatto, o adottando interamente questa o quella voce su cui cade il dubbio; mentre le opposizioni che esistono tra gli scritti, a cui quella Prefazione attribuisce l'autorità, sono perpetue e irremovibili.

Il non riconoscere la vera e unica autorità ed efficienza dell'Uso fa poi nascere i più falsi concetti per spiegare i fatti che da quella sola ricevono la loro vera spiegazione. Ne cito un esempio che mi cade, per dir così, tra' piedi, venendo subito dopo il passo della prefazione citato in ultimo. Tra vari generi di voci registrate nel Vocabolario, ma da non potersi adoprare in ogni maniera di scrittura, gli autori ne annoverano uno, di « voci per troppa età rancide e perciò disusate ». E poco dopo: « voci, che a guisa delle antiche fogge per la loro vecchiezza non si adoperano più ».

C'è qui una supposizione manifestamente erronea, cioè che il cader le parole in disuso sia un effetto del tempo. Le voci mezzo,cammino, nostro, vita, ritrovarsi, selva, oscuro, diritto, via, smarrito, che sono nella prima terzina della Divina Commedia, hanno da questo fatto stesso l'attestato della loro antichità, e non so chi ne potesse citare di più vive e verdi. Lo stesso si può dire delle voci pane,acqua, cielo, terra, vivere, morire, amare, credere, e di migliaia d'altre, anzi della massima parte delle voci, e toscane e comuni a tutta l'Italia. In genere, crederei potersi dire che le voci più necessarie, come sono le più vecchie, sono anche quelle che l'uso cambia meno, appunto per il bisogno continuo che ne ha. Quelle che sono disusate lo sono perchè l'Uso, qualunque ne sia stato il motivo, le ha smesse. La cagione prossima e efficiente è compresa nel vocabolo che esprime il fatto, perchè sono una cosa sola.

Sarebbe una somma ingiustizia, il non osservare quanta parte della differenza che s'è notata o accennata tra i due Vocabolari, sia provenuta da una importante differenza tra le condizioni dei due popoli.

L'Uso vivente della lingua di Parigi, che era insieme, e diffuso in tutta la Francia, e nelle città particolarmente, dagli atti pubblici d'ogni genere, e venuto a imparare nella sua sede da una quantità di Francesi d'ogni provincia; Uso che, per non dirne ora altro, era anche quello d'una corte dalla quale la nazione riceveva gli esempi, come gli ordini; un tale Uso, non dirò si raccomandava, ma s'imponeva a chi volesse fare un Vocabolario. E dovutolo ammettere, non poteva venire in mente a nessuno di dargli, ad arbitrio e come per favore, un qualche posticino qua e là, aspettando per il rimanente, la sanzione di scrittori avvenire. Sarebbe stato un fare aspettar troppo un troppo piccolo benefizio.

L'Uso toscano invece, appunto perchè privo di tali e d'altri simili mezzi d'esercitare un'autorità sulle altre città d'Italia, non ne aveva una bastante, nè per costringere gli autori del Vocabolario a prenderlo per loro unica norma, nè per darne loro il coraggio. Quella qualunque superiorità che pure si concedeva a quella lingua, era venuta dall'essere state scritte in essa le prime grandi opere volgari; e di lì era venuta ugualmente l'usanza di chiamar toscano il linguaggio, o piuttosto la mescolanza di locuzioni che s'adopravano per intendersi, sia in iscritto, sia a voce, tra italiani di diverse province. È vero che una tale usanza implicava logicamente il riconoscimento d'un titolo speciale, anzi unico, che appartenesse al toscano effettivo, d'essere la lingua comune d'Italia; ma, mancando gli stimoli d'un altro genere, per spingere le menti all'applicazione il nome era, come accade in tanti altri casi, e mantenuto e inefficace. Se i compilatori del Vocabolario avessero pensato a prevalersene per formarlo tutto quanto sull'Uso vivente della loro lingua, sarebbero stati sgomentati e sopraffatti dalle grida di quella scola, fondata principalmente dal Trissino, e non finita, ho paura, col Perticari, la quale insegnava esserci in Italia un'intera lingua comune; dottrina inetta bensì a produrre, ma potente a impedire, e dalla quale non si potrebbe cavare altra utilità, che quella di tenercene e di congratularci a vicenda del nostro comune possesso. Del rimanente, era troppo difficile che, anche a quegli Accademici, venisse il pensiero d'una tale impresa. Come la cagione della prerogativa accordata alla lingua toscana era stata meramente letteraria, così la sua attività rimaneva quasi unicamente nel campo della letteratura. Si pensava a un mezzo di comunicazione, non d'ogni sorte di concetti tra tutti gl'Italiani, ma d'alcuni intorno ad alcune cose. Il riconoscimento non della signoria, ma d'una signoria dimezzata e subordinata, dellUso, e quella piccola parte datagli nel Vocabolario, come per condiscendenza, erano gli effetti soliti d'ogni vero principio, che quando non gli è dato il luogo intero che gli compete, ne prende ora un poco di qua, ora un poco di là, a salti, e come per forza, o per agguato: tamen usque recurrit .

Sarebbe però un'altra ingiustizia il non riconoscere i vantaggi prodotti da quel Vocabolario, malgrado il difetto essenziale, e le conseguenti imperfezioni di cui abbiamo dato qualche cenno,

D'un metodo falso non si possono certamente fare, che applicazioni viziose; ma non tutte nello stesso grado, potendocene essere di quelle che, e producano minori inconvenienti, e prestino occasione a qualche speciale utilità. E nel caso nostro, data, quella legge di cavar dagli scritti la materia del Vocabolario, il partito preso dagli Accademici della Crusca, e del quale fu dato loro tanto carico, quello cioè di restringersi quasi unicamente agli scritti d'un solo idioma, era per l'appunto il solo che adempisse le due condizioni accennate.

Da una parte, ognuno può vedere quanto sarebbe stato, non dirò più lontano dal fine di rappresentare, al possibile, nel Vocabolario una lingua intera e omogenea, ma opposto direttamente al fine medesimo, l'accrescere quel repertorio con gli scritti dell'altre province d'Italia. Per darne un piccolo esempio; si pensi che sorte di mescuglio ne sarebbe venuto se insieme con le storie di Dino Compagni e di Giovanni Villani, si fosse ammessa per testo di lingua, la Vita di Cola di Rienzo scritta dall'anonimo, suo contemporaneo, romano o napoletano che fosse, e la storia di Milano « in italico idioma composta da Bernardino Corio » uno, peraltro, degli uomini dotti del suo tempo.

Per ciò che riguarda l'altra parte, dall'aver presi gli esempi per il Vocabolario, da scritti quasi tutti toscani, ne seguì che in esso si trovò raccolto non poco dell'Uso toscano vivo, non solo al tempo di quella compilazione, ma anche al nostro; perchè l'Uso, dovendo servire una comunicazione non interrotta d'idee in una società, è costretto, per dir così a conservare molto più di quello che possa mutare. E una ragione per cui dagli scritti toscani c'era da raccogliere una incomparabilmente maggiore e più certa parte d'un Uso vero e permanente, è che la più parte de' loro autori gli avevano dettati in una lingua non adottiva, come gli autori d'altre province, ma nativa, quella che adopravano in tutte le occorrenze della vita, insomma la lingua loro; principiando da quello che, nella città Dite, avendo parlato con Virgilio, destò l'attenzione d'un Fiorentino, ch'era tra que dannati, e che gli disse:

La tua loquela ti fa manifesto

Di quella nobil patria natio

Alla qual forse fui troppo molesto »

e nella stessa bolgia, per una medesima occasione, si sentì chiamare da « un che intese la parola tosca ; » e una terza volta nel nono cerchio, da un altro, interrogato da lui, gli fu detto:

« Io' non so chi tu' se', nè per che modo

venuto se' quaggiù, ma fiorentino

Mi sembri veramente quand'io t'odo ».

Così non parve, è vero, a un autore il quale mezzo secolo fa, affermò, che « l'Alighieri scrisse il poema con parole illustri tolte a tutti i dialetti d'Italia . » Ma, per la parte mia, non mi sento d'ammettere che, dal cervello dell'Alighieri sia potuta uscire un'invenzione tanto spropositata, come sarebbe stata quella di far prendere per toscano da tre toscani un linguaggio che fosse stato composto di parole prese da tutti i dialetti d'Italia; e per giunta di far indovinare a quegli uomini, per mezzo del loro sbaglio, la patria dello sconosciuto viaggiatore: a meno che non si dicesse che Dante abbia voluto far intendere che, nel suo viaggio nel mondo di là, parlava toscano, per far più presto, riservandosi di tradurre con comodo, nel poema, il dialogo in parole illustri, prese come sopra. Rimarrebbero poi da sciogliere delle altre difficoltà. Queste due, per esempio: come mai, mentre nel libro De Vulgari Eloquio prescrive che il Volgare Illustre s'adoperi solamente nella Tragedia e nella Canzone, sia andato a pescare in tutti i dialetti d'Italia parole illustri, per comporre un poema a cui dava il titolo di Commedia: genere di componimento per il quale dice doversi prendere ora il Volgare mediocre, e ora l'umile ; e perchè, citando le locuzioni fiorentine: Manicare, Introque, noi non facciamo altro, appunto per provare che il titolo di Volgare illustre non compete a quell'idioma ; abbia poi nello stesso poema usate le prime due, e le voci Mamma eBabbo , che bandisce ugualmente dal Volgare Illustre, come puerili . In verità, fuorchè dire: "Badate ch'io non ho inteso di scrivere la Divina Commedia nel Volgare Illustre, ma bens?nel mio fiorentino", non si vede come potesse Dante spiegar chiaramente la sua intenzione.

Oh come si poteva fare a confidenza con noi poveri Italiani nel 1817!

Qual Vocabolario poi, e per l'autorità certo non incontrastata, ma senza rivali, ch'ebbe in tutta Italia, e per essere servite come di fondo comune a quelli che furono fatti dopo, continuò in qualche modo e promosse l'opera de' primi grandi scrittori toscani e d'alcuni loro degni successori, in benefizio dell'unità della lingua; e qualcosa pure ci aggiunse di suo con quei pochi vocaboli e modi di dire presi direttamente dall'Uso. E se i suoi autori che, con giustizia come con piacere, possiamo pure chiamare benemeriti, non fecero di più; se in questo stesso loro fatto non videro e la ragione e la possibilità di dare all'Italia il vero e intero Vocabolario del loro Uso, la cagione delle cagioni ne fu quel funesto smembramento dell'Italia stessa, il quale in questa, come in ogni altra cosa anche più importante e vitale, non permetteva nè di compire, nè d'intraprendere, e quasi nè anche di concepire alcuna impresa che avesse un intento nazionale.

III.

A ciò che s'è detto fin qui e intorno alla materia e intorno al metodo che richieda la composizione d'un vocabolario, il che era l'assunto di questo scritto, non parrà, spero, un'aggiunta nè fuor di proposito, nè priva affatto d'utilità il riepilogare i principi e i fatti che in esso e in qualche altro già pubblicato, m'è occorso di toccare, riguardo alla questione della lingua italiana. Dovendo, nel far questo, ripetere di necessità cose già dette, mi studierò di fare in modo che, e dall'ordine e dal nesso e da qualche maggiore ampiezza con cui saranno esposte, possa venire qualche nova luce all'argomento.

1.° L'Uso è, in fatto di lingua, la sola autorità, val a dire il solo eriterio col quale si possa logicamente riconoscere se un vocabolo; o qualunque altro segno verbale appartenga, o non appartenga a una data lingua. È questa una di quelle verità che si possono dimostrare con più d'un argomento, ognuno de' quali basta da sè. Tale è, per esempio, quello che si può ricavare dal non esserci veruna relazione,intrinseca e necessaria tra i vocaboli e le idee; dal che ne viene che l'attitudine de' vocaboli a produrre 'significazioni' è necessariamente un effetto d'una causa arbitraria nè ce ne può esser altra che l'accordo, comunque formato, nell'annettere una significazione a ciaschedun vocabolo. Del pari dimostrativo è l'altro argomento, già accennato in questo scritto; ed è che quell'accordo (o col suo nome l'Uso) è il solo criterio che sia adequato alla materia intera, cioè il solo applicabile a ognuno de' fatti d'una lingua. Questa verità appare poi più chiaramente dal confronto che si faccia di questo con tutti gli altri criteri che sono stati allegati per dimostrare che questo o quel vocabolo sia da registrarsi nel vocabolario generale della lingua. Analogia, etimologia, derivazione immediata, sia da de' vocaboli della stessa lingua, sia da quelli d'una lingua detta madre, utilità, bisogno, facile intelligibilità, bella forma, esempi di scrittori, e non so che altre o qualità o circostanze, che furono messe in campo a questo intento, ci sono tanto inette, che possono trovarsi, o una o anche più, in un vocabolo, senza che, per questo, si possa chiamarlo vocabolo d'una lingua. Infatti chiunque dice che un tale o un tal altro vocabolo immaginato da lui, meriterebbe, per qualche sua qualità o opportunità, d'entrare nella lingua, viene a dire che, malgrado questi titoli, ne è fuori.

E qui nasce l'occasione d'osservare che l'errore di cui si tratta, nasce, come tanti altri, dall'abuso d'una verità. È, infatti, innegabile che e certe qualità e certe circostanze opportune, possono essere per l'Uso un motivo d'accettare e vocaboli e locuzioni qualunque, le quali, o gli vengano proposte espressamente, o trovi adoprate da un qualcheduno; e una subdola metonimia ha fatto prendere il motivo per l'effetto. Una lingua è un complesso di fatti, e non un mescuglio di fatti e di possibili, come nè anche di fatti vivi e di fatti morti: e la dimenticanza di queste condizioni naturali e essenziali delle lingue, ha fatte nascere le tante teorie e pratiche opposte, ma ugualmente incapaci d'un resultato logico e utile. A uno stabile e fecondo consenso non s'arriverà, se non con l'intendere che, se si vuol trovare una lingua, bisogna cercare un Uso.

Dico con l'intenderlo; perchè, in quanto all'ammetterlo, non s'incontra difficoltà. È un fatto già notato, ma che conviene notar di novo e a ogni occasione, finchè non si muti; che que' medesimi, i quali attribuiscono, in tanti casi particolari, un'autorità a tutt'altro che l'Uso, non lasciano in altre occorrenze di predicare in astratto il suo sovrano arbitrio, e di ripetere il si volet Usus, Quem penes arbitrium , etc. Modo di ragionare che si può ridurre a questa formula: Tutto, ma non ogni cosa.

2. - Ma quale è poi quello che, in fatto di lingua, si chiama l'Uso per antonomasia? giacché un tal termine, non solo nel suo significato più generale, ma anche in materia di lingua, può convenire a cose molto diverse. I gerghi,

per esempio, sono usi anche loro, sono convenzioni che producono l'effetto di significare. E nondimeno nessuno li riguarda come lingue. E per qual ragione? Per queste due evidentemente: che non sono usati, che da alcune persone, e anche da queste per significare solamente alcune idee, servendosi per il rimanente, di vocaboli d'una lingua comune. E di qui, per opposizione, si può ricavare quale sia il vero e intero Uso delle lingue; cioè una totalità di segni prodotta da una totalità di relazioni, quale esiste, per effetto naturale, in una popolazione riunita e convivente: quod etsi saepe dictum est, dicendum tamen est saepius .

3. - Quindi (cosa ugualmente già detta, ma che occorre ripetere in questo luogo) in una nazione scompartita in popolazioni aventi idiomi diversi, non può un tale Uso esistere nè formarsi per effetto naturale e, dirò così, per generazione spontanea, non c'essendo la totalità di relazioni, necessaria a produrlo.

4. - Ma, da un'altra parte, le lingue prodotte da questa causa propria e immediata, e formate per dir così, nell'officina medesima della natura, possono, con de' mezzi supplementari, propagarsi in altri luoghi, e venire acquistate da popolazioni, come da individui, che non le possiedano naturalmente. Negare questa possibilità sarebbe un andar contro e alla ragione, la quale dimostra non esserci in essa contradizione veruna, e all'esperienza che ce la fa vedere realizzata in più fatti. Ragione e esperienza sono d'accordo qui, come per tutto, da quelle amiche vecchie, che sono.

5. - « Uno poi de' mezzi più efficaci, e d'un effetto più generale, particolarmente nelle nostre circostanze, per propagare una lingua, è, come tutti sanno, un vocabolario . » Id apertius exprimere non possum, quam si repetivero quod dixi .

Che se all'evidenza c'è bisogno d'aggiunger qualcosa, dirò che i vocabolari sono un fatto comune a tutte le nazioni colte, e un espediente indicato dal senso comune. Tali lavori, infatti, presentando separatamente tutti (per quanto è possibile) i vocaboli e i modi di dire d'una lingua, imitano il processo analitico, per mezzo del quale, nella convivenza, s'acquista una lingua qualunque, sia dai bambini, sia da forestieri; e che consiste per l'appunto nell'imparare, a una a una, le locuzioni di cui è composta. Ho detto le locuzioni, perchè, oltre al raccogliere i vocaboli sempre dall'imitazione dell'esercizio vivo e pieno d'una lingua, nelle quali i vocaboli sono accozzati e messi in azione dall'Uso di queste leggi generali del linguaggio alle circostanze particolari dell'Italia, mi pare potersi concludere che il mezzo di procurare ad essa l'unità della lingua, dico il mezzo fondamentale e supremo, al quale devono servire tutti gli altri, non può esser altro che la propagazione d'una lingua già bell'e formata nel modo che le lingue si formano.

IV

Dirò di più: questo stesso che noi chiamiamo l'Italiano, questa mescolanza di voci, la quale, benché tanto lontana dall'equivalere a tutto ciò che si dice in Italia, anche a raccoglierla tutta insieme, e far d'ogni erba un fascio, pure è un mezzo d'intenderci intorno a un certo numero di cose, più o meno uniformemente, più o meno precisamente, dove per l'appunto, dove a un di presso; questo stessoItaliano non l'avremmo, se due lingue, vere lingue, la latina e la toscana, non ce n'avessero somministrati i materiali, in diversi tempi e in diversi modi.

Cos' è infatti, per ciò che riguarda la prima di queste cause, la massa principale degli elementi, di cui è composto questo Italiano, se non voci latine in origine? Quella lingua portò la sua unità nell'Italia divisa in tanti idiomi di varie origini; e se non riuscì a sradicarli e spegnerli affatto in ogni classe di persone, potè però, per mezzo degli scritti e del commercio inevitabile anche delle più rozze coi dominatori latini, e con la parte istrutta e, dirò così, latinizzata, delle popolazioni, immischiarsi in essi, e introducci una quantità di vocaboli, che, o nella loro forma intera, o alterati in modi più o meno diversi, ci sono rimasti. Di maniera che, quando, per un concorso di cause, che sarebbe superfluo l'esporre in questo luogo, anche chi n'avesse la cognizione necessaria, la lingua latina cessò d'esser parlata in Italia; quando, anche nelle scritture, dove, in mancanza d'altro, s'ingegnavano d'adoprarla, non solo era imbarbarita, ma, per la confusione e, dirò così, per l'anarchia delle forme grammaticali, aveva perso, e l'essere e l'aspetto di lingua; allora il parlare degl'Italiani si trovò di novo tutto diviso in tanti idiomi, ma trasformati essenzialmente, e aventi tra di loro un'affinità che non avrebbero mai potuta contrarre nel loro essere di prima, una porzione comune di vocaboli che non avrebbero potuta acquistare, se non per l'intervento d'una causa estranea. Ed è quel medesimo che avvenne a tutte le nazioni che hanno lingue chiamate con molta proprietà neo-latine, perché sono, nella loro maggior parte, collezioni di solecismi latini; ai quali una nova, non in tutto costante, ma predominante analogia nel modo d'alterare i vocaboli di diverse classi, ha data una propria forma organica.

Ciascheduno poi di questi idiomi, presa ch'ebbe la sua (quanto è concesso alle lingue), acquistò, per questo stesso, la possibilità di propagarsi, d'estendersi ad altri luoghi, fino a essere accettata, come lingua comune, da un'intera nazione: effetto che l'affinità sopradetta rendeva più facile.

E per ciò che riguarda l'Italia, fu (occorre dirlo?) all'idioma toscano che toccò una tal sorte; come è noto che ne fu cagione principale l'eccellenza incomparabile d'alcune opere scritte in quell'idioma, e comparse in breve spazio di tempo. La virtù immediata di quelle opere, e l'accettazione che ne fa l'effetto, divennero poi insieme un mezzo efficace, per cui quell'idioma potè disseminare in tutta Italia una nova quantità di vocaboli.

Pur troppo, questa che tra le conquiste di tal genere, si può chiamar la più nobile, perchè venuta, non per la spinta di necessità materiali, nè per fatto di forze dominatrici, ma per potenza d'ingegno, rimase indietro dalle altre, riguardo al raggiungere la meta finale; e ciò per la mancanza appunto d'una tale spinta, e di tali forze. Ma chi potrebbe non riconoscere quanta, parte di linguaggio sia stata resa comune all'Italia dalle opere principalmente di quei tre primi, i nomi de' quali corrono subito da sè alla memoria d'ogni lettore?

L'uno, il primo tra i primi, di valore come di tempo, riunì in una stupenda composizione, e memorie prese da tante età e da tanti luoghi, di fatti e di sentimenti i più vari, di vizi e di virtù, di gioie e di dolori, di prosperi eventi e di sciagure, di dottrine e d'errori; e descrizioni, anzi pitture di pene, di speranze, di stati felici; e giudizi e passioni sue proprie, e un conversare, o reverente, o amoroso, o iracondo, o pietoso, coi tanti e tanto diversi morti incontrati in quell'immaginoso viaggio; e gli aspetti e le avventure del viaggio medesimo.

Il secondo, per avere, e spesa molta parte e del suo tempo e del suo ingegno in composizioni latine, e dedicata a un solo argomento la maggior parte delle volgari, non potè, a un gran pezzo, diffondere in Italia un'ugual copia di vocaboli. Ma, anche in quell'argomento solo, quanta nova varietà d'affetti, di speranze, di dolori, d'immaginazioni, di gravi e alti pensieri che le combattono, e quindi d'espressioni! E così fossero state meno scarse l'altre sue composizioni in volgare, e principalmente quelle tanto mirabili, d'argomenti politici, e d'argomenti cristiani, e quindi più vasto l'effetto riguardo alla lingua, come fu rapida la diffusione e di queste e di quelle in tutta Italia, e ne dura perpetua la lettura e l'ammirazione!

Al terzo, come al primo, la maggiore abbondanza e varietà venne dalla natura degli argomenti; fatti, detti, costumi d'ogni genere. E anche troppi chi non lo sa, e chi non l'ha detto? Ma levato « il fedo loto, Onde macchiato è il Certaldese , » quante forme di concetti, quante attitudini di linguaggio, in tanti e sentimenti e discorsi e vicende, di principi, di cavalieri, di gentildonne e di donne d'ogni condizione, d'uomini di corteo d'uomini di villa, di boni e di tristi, di generosi e d'abbietti, d'astuti e di sciocchi, di scienziati, di scolari, di corsari, di banditi!

E ora, cosa importa, se piace al cielo, che, prima dell'apparire di que' lavori immortali, girassero per l'Italia de' versi di poeti non toscani? Cos'hanno dato, cos'hanno lasciato all'Italia

« I duo Guidi che già furo in prezzo,

Onesto bolognese e i Siciliani,

Che fur già primi e quivi eran da sezzo? »

Quali furono, in ogni parte d'Italia, i loro contemporanei, o i loro posteri, che da que' versi prendessero locuzioni per empire scritti di vari generi, e così le rendessero note e comuni in ogni parte d'Italia? E vaglia il vero, quale e quanta materia ci avrebbero trovata?

Quella poesia fu, come è noto, un'imitazione, dove più, dove meno ligia, della poesia provenzale; e nemmeno di questa intera poesia, nè riguardo alla materia, nè riguardo ai generi de' componimenti. Gli argomenti principali della originale erano l'amore e il valore nelle armi: il primo era trattato in componimenti lirici, e il secondo in narrazioni epiche . Di queste, i poeti italiani d'allora non ne composero nessuna. « De' fatti d'arme, » disse Dante, « non trovo che alcun italiano abbia poetato finora . » I poemi di cavalleria vennero molto più tardi.

In quanto all'amore, è noto ugualmente, che, nella poesia originale, come nella sua seguace, esso non era che un'applicazione continua d'una teoria composta di sentimenti, in parte puri ed elevati, in parte capricciosi e artifiziali, d'un culto per donne, qualche volta immaginarie: materia che, non essendo presso i nostri associata a imprese e ad avventure, di cui fosse lo stimolo e l'occasione, com'era ne' racconti favolosi de' maestri stranieri, rimaneva in una più angusta cerchia di concetti e legata a un più scarso e speciale formulario di parole e di frasi. Immaginarsi che in quella poesia, morta, come doveva accadere, dopo una vita brillante e fattizia, e un progressivo e naturale languore si possa riconoscere la causa efficiente e la materia prima d'una lingua, è come volere che in un fiore da vaso si contenga il seme d'un albero.

Afferma Dante, che: « tutto ciò che gl'Italiani componevano in poesia fu chiamato Siciliano .» E di novo: « Tutto ciò che i nostri predecessori, » s'intende evidentemente poeti, « produssero in volgare, si chiama Siciliano . » E questo perchè la cortesia e la munificenza dell'imperatore Federigo e di Manfredi suo figlio, attiravano e sè tutti i più nobili spiriti d'Italia; sicchè da quella corte usciva tutto ciò che gl'Italiani producevano di più eccellente; s'intende in poesia, e in quel genere di poesia .

La testimonianza è irrecusabile, ma non fa al caso. Rimane bensì fuori di dubbio che, in tutta Italia, s'è detto: poesia siciliana; ma siccome non s'è detto (e come si sarebbe potuto dire?) lingua siciliana, per significare una lingua che fosse o potesse diventar comune a tutti gl'Italiani, così quel fatto è totalmente estraneo alla questione della lingua italiana. Fu il nome d'una scola non d'un popolo, d'un frasario non d'una lingua.

Si potè bensì dire « lingua toscana. » in un senso nazionale; e perchè era una lingua, e perchè, grazie soprattutto a que' primi stupendi e veri maestri, e poi ad altri suoi insigni scrittori, potè manifestare una ricchezza e una varietà di forme, un'energia, e anche non di rado una aggiustatezza, da emulare l'ammirato e pianto latino. Sic fortis Etruria crevit .

V.

Parlando nel Capitolo precedente, di due lingue davvero, che, in diverse epoche, hanno somministrata una quantità di vocaboli a quello che si chiama l'Italiano, se n'è lasciata indietro una terza, non per dimenticanza, che sarebbe stato un caso troppo strano; ma appunto perchè l'influsso di questa, essendo un fatto d'un'importanza non tanto storica, quanto attuale, richiede d'esser trattato un po' più per disteso.

Le due prime, il latino, cioè, e il toscano, oltre il produrre l'effetto accennato, avrebbero potuto essere, l'una un agevolamento, l'altra un mezzo diretto a unità di lingua in Italia, quando non ci fosse mancato l'aiuto delle circostanze. A ogni modo, se gli effetti di quelle lingue furono inadequati a un tal risultato, non furono, nè potevano essergli opposti, nè riuscir dannosi per nessun verso. Gli effetti, invece, della terza (il lettore ha già veduto che si tratta della francese) sono un misto singolare di bene e di male: in parte utili acquisti, in parte aumento d'una già troppo deplorabile varietà. È quindi d'un'importanza pratica il distinguere tra due tali sorte d'effetti, e il cercare se ci siano e quali sieno i mezzi di distruggere, o almeno di scemare i cattivi, e insieme d'impedire che s'accrescano. E sarà, credo, facile il vedere che il mezzo e più pronto e più generale è, anche per questa parte, quel vocabolario ugualmente utile per ogni altra.

Regnano in Italia, o piuttosto pugnano tra di loro, due opinioni intorno alle locuzioni venute di Francia, da un secolo circa, e che continuano a venire: una che dice a tutte: Passi; un'altra che dice a tutte: Via. E qui, come in ogni questione relativa a lingua, la soluzione logica e utile non si può trovar che nell'Uso, val a dire in ciò che è dimenticato ugualmente dalle due parti.

Sotto il nome di gallicismi si confondono, infatti, due specie di locuzioni, pari bensì riguardo all'origine, ma dissimili nella loro condizione attuale, e che richiedono perciò d'esser giudicate diversamente.

Alcune sono entrate interamente nell'Uso toscano, il che, o per tutte, o certo per quasi tutte, vuol dire essere usate ugualmente in tutta Italia; giacchè non c'è ragione alcuna per credere che l'influsso della lingua francese sia stato più attivo e più esteso in quella, che nell'altre parti d'Italia; ce n'è piuttosto, grazie al cielo, per supporre il contrario. Di tali locuzioni non c'è altro a dire, se non che formano per il titolo medesimo di quelle che siano riconosciute per le più

26

legittime, una parte dell'Uso toscano, cioè un tanto d'unità di lingua acquistato di primo tratto, e senza aiuto intermediario, da tutta l'Italia. Cercare nella loro origine un motivo d'accettarle o d'escluderle, sarebbe come se, vedendo uno far bene un mestiere, si volesse, per accertarsi della sua abilità, indagare la sua genealogia. E quando pure si trovasse che alcune di esse fossero venute a cacciar di posto altre locuzioni vive un tempo e aventi un medesimo significato, si potrebbe bensì dir con ragione che s'è fatto male a non tenerle indietro quando venivano a disturbare de' consensi già formati; ma per la stessa ragione appunto, si deve riconoscere che sarebbe un rinnovare lo stesso inconveniente il cavar fuori e riproporre le antiche.

Del rimanente, e per un di più, è facile il riconoscere, anche ad una prima occhiata, quante e quante di queste locuzioni straniere siano venute a prender de' posti voti, a significar cose, o pensate, o scoperte, o praticate in altri paesi, e non conosciute tra di noi, se non per questo mezzo. Così, per addurne un esempio de' più manifesti, qualche nazione straniera ebbe e occasioni e mezzi che mancarono a noi, di formare locuzioni e quasi categorie intere di locuzioni relative a istituzioni politiche; e quando le occasioni e i mezzi vennero, « ancor che fosse tardi, » anche per noi, era naturale che, e per ragionar delle cose, e per metterle in pratica, s'adoprassero addirittura le forme verbali ch'erano state per noi il mezzo della cognizione. L' espediente di formar da noi, a quell'intento, una nomenclatura nova, sarebbe stato troppo strano, perchè venisse in mente ad alcuno; e lo sarebbe stato non meno il pensare di poter noi, operai dell'ora undecima, dare un indirizzo novo e di nostra invenzione al riordinamento politico, e creare, in conseguenza, una nova categoria di locuzioni per nostro uso.

Ciò che s'è detto di quelle d'un tal genere, vale naturalmente del pari per l'altre significanti, o cose materiali, o operazioni, o concetti qualunque, e che venute da fuori, siano entrate, per la stessa ragione, o nell' Uso di Firenze, o anche nella consuetudine di tutta Italia; che è il caso della massima parte, se non di tutte, come s'è detto sopra.

Ma ce ne sono molte e molte altre (e dell'essere la più parte francesi, accenneremo or ora la speciale cagione), usate da scrittori principalmente, e da scrittori di giornali più che da altri: le quali non esprimono concetti punto novi in Italia, ma già significati ne' suoi vari idiomi, in modi più o meno diversi, e qualche volta anche in un modo uniforme. E non è certamente da un fatto così misto, che si potrebbe avere con che combattere quella nova tristissima varietà. Ma, tra questi Usi, ce n'è pure uno che ha un titolo suo proprio e unico e non contradetto da nessuno, quando si tratti di scegliere tra di loro; Uso, che, fatto conoscere più e meglio, sarebbe (speriamo sarà) il mezzo, o di dar lo sfratto a tali locuzioni, o almeno di diradarle.

Prima di parlare dell'applicazione d'un tal mezzo, passo ora a esporre, come ho annunziato poco sopra, alcune osservazioni intorno a questo fatto singolare de' gallicismi in Italia: cosa che non parrà, spero, aliena dall'argomento a chi rifletta quanto giovi a conoscere l'opportunità de' rimedi il conoscere la cagione de' mali.

Ho chiamato singolare questo fatto, non riguardo al genere; perchè nulla è più antico, nè più continuo, che il passar di qualche vocabolo da un paese a un altro; ma singolare bensì per la sua estensione. Non sono pellegrini venuti a spizzico di qua o di là; è un'invasione, e non aiutata da alcuna conquista materiale, che ne possa dare la spiegazione.

Il titolo d'invasione, titolo d'un così nefasto significato nella nostra dolorosa storia, conviene anche al caso presente, non solo riguardo alla vastità dell'effetto, ma anche alla somiglianza della cagione. Fu, anche in questo, la debolezza naturale della divisione, quando si trovi a fronte d'una forte unità. Senonchè, nel fatto della politica, gl'invasori variavano secondo che la forza faceva prevalere l'ambizione, ugualmente iniqua, ora dell'uno, ora dell'altro; nel fatto della lingua, invece, la sola francese ha prodotto e produce in Italia un effetto incomparabilmente superiore, e per l'estensione e per la durata, a quello di tutte l'altre insieme; a segno tale, che una bona parte di locuzioni provenute in origine da queste, arrivano a noi per il canale di quella, che le ha prese da loro direttamente.

La cagione prossima d'un tal fatto, è ovvia e ricantata: il gran leggere libri francesi, che si fa in Italia.

Ma una tale risposta, per chi non voglia concluder troppo presto, fa nascere due altre domande: Perché mai si leggono qui tanti libri francesi? E perchè questa lettura è per noi tanto contagiosa riguardo alla lingua?

Per trovar la ragione di questi due fatti causali, mi par proprio che bisogni dare una rapida occhiata alle diverse vicende delle due lingue, anche a rischio di dover ritoccare in parte cose già dette, o in questo, o in altri scritti:

« Chi dissente da me due carte passi .»

L'idioma francese, tanto inferiore al toscano nel primo manifestarsi dell'uno e dell'altro in composizioni letterarie, andava già, a passi lenti, ma non mai all'indietro, verso un impreveduto e ben più potente avvenire; a diventar cioè, di fatto, la lingua d'una nazione.

Come il latino, aveva la sua sede in una piccola città, capo, da principio d'un piccolo Stato, ma destinato a estendersi: e come il latino, di mano in mano che lo Stato s'estendeva, l'idioma francese gli teneva dietro, con quella prevalenza o efficacia speciale che un idioma tiene dall'esser quello d'una capitale. Il toscano, con quella sua prima, prodigiosa manifestazione, faceva de' discepoli fuori de' suoi confini; il francese si creava de' sudditi. Quello era offerto, questo veniva imposto, coi mezzi prestati dalle circostanze in simili casi.

Tanto il toscano, quanto il francese, erano adottati di nome ne' paesi dove s'erano introdotti in que' due diversi modi; e si disse là scrivere e parlar francese, e qui scrivere e parlar toscano; ma con questa gran differenza: che, nel primo caso, l'idioma conquistatore era a fronte e, per dir così, alle prese incessantemente con gl'idiomi locali; era sempre lì a farsi sentire, a immischiarsi in tutte le faccende della vita, e (condizione indispensabile) a dar l'equivalente di ciò che tendeva ad abolire: effetto che non possono certamente ottenere alcuni libri, per quanto eccellenti.

Il primo propagarsi del francese avvenne naturalmente nelle poche province che costituivano l'ultimo regno de' Carolingi, e che Ugo Capeto aveva aggregate al suo ducato di Francia, formando di tutto insieme il novo regno. Ma l'importanza acquistata da quel primo passo, l'accrescimento della capitale, venuto dall'accrescimento dello Stato, il lustro d'una corte reale, e il conseguente accrescersi e ingentilirsi della lingua, furono cagione che, circa un secolo dopo, questa avesse già principiato a far sentire la sua superiorità, e a sovrapporsi in parte agl'idiomi d'altri paesi non ancora annessi, della Langue d'o?, cioè di quel complesso d'idiomi, più o meno affini tra di loro e col francese, che si parlavano nella parte settentrionale quella che ora è la Francia. Ed era un'anticipazione del più diretto e forte possesso che ci doveva prender poi .

Quella felice prepotenza s'andò più tardi estendendo ai paesi di Langue d'oc, a pari con l'annessione de' territori, e in qualche luogo anche prima.

Una, con cui parrebbe che il francese avesse dovuto sostenere una più dura e lunga guerra, è quella lingua provenzale, celebre, imitata e anche coltivata in varie parti d'Europa. Ma tutt'altro: quando, sulla fine del secolo decimo quinto, la Provenza fu annessa alla Francia, quella lingua, o piuttosto quella poesia, era già morta nel suo letto, da più d'un secolo e mezzo . Lingua, cantata e scritta da alcuni, ma non parlata da un popolo; parte solamente, e parte artifiziata d'un vero idioma; circoscritta ad alcuni argomenti, e in questi ad alcuni concetti prestabiliti; non solo non avrebbe potuto diventar mai lingua comune, ma non aveva neppure in sè la ragione di vivere indefinitamente per conto suo, nulla più della sua imitatrice di cui s'è parlato sopra; giacche' ne doveva nascere ugualmente una sazietà che svogliasse e dall'udirla e dal coltivarla. Per far morire una tale, se l'abbiamo a chiamar lingua, non c'era bisogno di cause esterne, nè di sostituirgliene un'altra: bastava che cessasse la moda de' Trovatori.

Senza estenderci più a lungo intorno ai progressi della lingua francese entro i confini della nazione, possiamo arrivar subito e con sicurezza a ciò che tocca più strettamente il nostro argomento, cioè ad osservar la cagione per cui, in un dato momento, quella lingua, principiò ad attirare e soprattutto a trattenere stabilmente l'attenzione dell'altre parti colte d'Europa, più che non fosse mai riuscito a verun'altra lingua moderna. E questa cagione fu, se non m'inganno, l'essere, come accadde nel latino, i suoi grandi scrittori venuti tardi: cioè quando, e per la cresciuta popolazione della capitale, e per una spinta straordinaria data agli ingegni della parte scelta di essa da questioni e religiose e politiche; dalle lotte tra il parlamento e la corte; da una singolare guerra civile che aveva animate le passioni senza render feroci i costumi; dagli intrighi stessi delle parti, per un tempo, e poi da quelli d'una corte ambiziosa, e elegante; dall'essere immischiate in tutto ciò varie donne diventate e rimaste celebri per vivacità e raffinatezza d'ingegno; e alcune, per di quegli scritti, dove il parlare entragioni, l'Uso di quella città, il quale, fino dalla sua debole origine, costituiva la lingua francese, si trovò, e ricco abbastanza per somministrare a quei grandi scrittori materia sufficiente a esprimere i loro concetti d'ogni genere, e abbastanza forte per obbligarli a star con lui, sotto pena di parere strani alla parte più incivilita della nazione. Questo fece che poterono essere, nello stesso tempo, e classici e moderni: classici per lo stile, moderni per la lingua,

E perchè i libri formati (a dovere, sconviene anche oggi a quelli di cui parliamo, tanto è scarso, insignificante il numero delle locuzioni di que' libri cadute in disuso, e lasciate perciò indietro dall'ultima edizione del Dizionario dell'Accademia Francese. Di qui venne che da quei classici s'impara anche a parlare: ciò che non si può dire, a un gran pezzo, de' nostri; del che nessuno m'immagino, desidera le prove; e le cagioni, quantunque importanti, lo spazio non comporta che tocchino qui.

Accenneremo invece, giacchè è cosa di non molte parole, un altro fatto che ci pare notabile, ed è che le nostre speciali e, direi quasi, croniche questioni in fatto di lingua si sono andate aggirando, quasi esclusivamente, sullo scrivere; e del parlare non se n' è fatta, menzione, se non di rarissimo e per incidenza, come se fosse una cosa, o estranea o meramente accessoria al concetto e agli effetti d'una lingua. E può parere strano che questo nome stesso di lingua ripetuto da que' disputanti migliaia e migliaia di volte, rimandato, e palleggiato dagli uni agli altri, non richiamasse loro alla mente, col marchio della sua origine, e col suono medesimo, il suo significato primitivo e unicamente necessario; e non gli avvertisse che, sia per procurare una lingua all'Italia, sia per dimostrare che l'avesse già, si doveva tenere almeno conto d'altro che della penna. Ma è un fatto pur troppo non insolito, che la mancanza de' mezzi faccia dimenticare il bisogno della cosa.

Un altro vantaggio che l'omogeneità dell'Uso nel parlare e nello scrivere, portò alla lingua francese, come aveva fatto alla latina, fu che, a comporre quell'eletto drappello di scrittori, poterono concorrere uomini di tutte le province, che, andati a vivere nella capitale, ci portavano il loro ingegno, e la lingua ce la trovavano; e servirono in parte, e in gran parte, al suo progresso e alla sua celebrità .

Dietro a quel suo primo e solenne momento, non tardò à venirne un altro, se non così cospicuo per la perfezione de' lavori, assai più potente a diffonderla, per una novità insieme e universalità d'intenti, per una quantità di questioni intorno ai bisogni, alle leggi, alle consuetudini de' diversi popoli, e ai mezzi di migliorarne le condizioni. I primi, e pochi da principio, a sentir quest'influsso in Italia, furono naturalmente ingegni svegli e attivi, che non tardarono a prendere una non piccola parte nell'impresa, e qualcheduno anche una parte primaria, quale, e per l'importanza e per la generalità e per la celerità dell'effetto, fu quella del sapiente e coraggioso oppugnatore della scienza e della pratica criminale, ugualmente stolte e crudeli, che regnavano in quasi tutta l'Europa. Insieme con quegli scritti, ne principiarono a venir di là, e a correre per le mani d'un maggior numero, altri d'un genere più letterario, e di più attraente lettura, e stesi (più o meno accuratamente e felicemente, s'intende) in quel linguaggio ricco, vario, animato, che serviva di fatto a tutto il commercio d'idee nella vita reale.

In un tale emergente, il partito ovvio e ragionevole riguardo alla lingua (della quale e della quale sola, si tratta qui) sarebbe stato quello di prendere dalla francese, come istrumenti di nove cognizioni già preparati e alla mano, le locuzioni esprimenti cose utili e non ancora dette in Italia, e lasciare indietro il rimanente. Ma per applicare un partito, per quanto bono in sè, bisogna averne il mezzo; e in questo caso il mezzo necessario sarebbe stato il possedere una lingua, cioè un Uso, il quale servisse di criterio pratico nella scelta. Ora, degli Usi, in Italia ce n'erano vari, che vuol dire l'opposto per l'appunto di ciò che ci sarebbe voluto; e quell'uno che aveva un titolo per diventar comune in Italia, c'era bensì anche lui, e sempre vivo; ma, non si movendo, se non nel suo, dirò quasi, recitato, era per il rimanente d'Italia, quasi come se non ci fosse. Accadde quindi qualcosa di simile a ciò che, in un ordine di cose ben più importante, s'era veduto negli ultimi anni del secolo decimoquinto, quando que' principi italiani, d'infausta memoria, cominciarono ad « assaggiare i colpi delle oltramontane guerre .» Il mezzo di far argine ai novi barbari, sarebbe stato allora, per l'Italia, un esercito unico e comune, proporzionato al suo territorio, addestrato, ubbidiente, confidente nel suo valore, nella sua disciplina e nel suo numero. Ed era per l'appunto ciò che mancava; e che, dopo essere stata l'Italia, per tre secoli e mezzo, campo delle battaglie altrui, e in parte proprietà immediata, ora di questo ora di quel potentato straniero; e in parte materia morta di spartizioni, di ritagli, di compensi, era riservato ai nostri giorni, insieme con la sicurezza e con la dignità e con gli altri minori, quantunque importanti, beni dell'unità; beni che, senza di esso, perirebbero tutti a un colpo con l'unità medesima. E similmente nel fatto della lingua; fu la mancanza d'una unità prevalente, che lasciò aperta la strada a quella che abbiamo chiamata invasione de' gallicismi. E si vede in Italia un altro di que' fatti deplorabili, forse non unici, ma certo rarissimi: presso l'altre nazioni colte, cioè autori e d'ingegno e dotti, non solo non curarsi della purezza della lingua, ma deridere questa espressione, come vota di senso, e mero gergo di pedanti: quella purezza, dico, che Cicerone ammirava ne' Commentari di Cesare , e Cesare (quel pezzo di pedante, che ognuno sa) lodava nelle commedie di Terenzio . E da un'altra parte, quelli che la difendevano contro i novatori, la facevano consistere nell'attenersi; o ad alcuni scritti, o ai limiti arbitrari d'un Vocabolario, o in altrettali cose inette a produrre gli effetti veri d'una lingua, come aliene dal concetto logico di essa. Così la mancanza di quell'Uso, al quale si riferisce, e col quale, per dir così, s'identifica la purezza della lingua , e che, col solo esserci, e senza bisogno d'una scelta avvertita, avrebbe obbligati gli uni a riconoscere l'importanza del termine, e gli altri a vedere quale sia il suo vero significato, fu cagione che un termine così opportuno, così spiegante e così solenne presso le nazioni dove una lingua è in fiore, fosse presso di noi bandito dagli uni e applicato a rovescio dagli altri.

Da quel primo momento in poi, essendo le cagioni del male, non solo durate, ma sempre cresciute; e rimanendo, o ignorato o dimenticato, o deriso quello che sarebbe stato il riparo, la cosa è venuta a segno, che dà nell'occhio anche ai più indifferenti in tale materia. E, per verità, non può non parere strano che, mentre vantiamo questa nostra lingua comune la si veda poi andar rubacchiando a man salva tanta parte di ciò che, come lingua, dovrebbe avere.

Ora, chi non vede, appena ci voglia guardare, che la cosa stessa, la quale, per la sua virtù naturale, avrebbe potuto essere il preservativo, potrebbe per quella virtù medesima, servir di rimedio? che alla mancanza delle circostanze che avrebbero potuto render note e famigliari in tutta l'Italia le locuzioni atte a chiuder l'adito ai gallicismi dannosi perchè superflui, può ancora supplire (non importa in quale misura, quando si tratta d'una cosa affatto bona) un altro mezzo qualunque di metterle in luce? e che un mezzo d'un effetto e generale e simultaneo è, in questa parte, come nel rimanente, un vocabolario che sostituisca l'unità alle sinonimie rivali, sia vecchie o recenti, sia italiane o venute da fuori? L'efficacia poi d'un tal mezzo crescerà a più doppi, qualora, seguendo l' opportunissima indicazione dell'Illustre, Relatore di Firenze, si formi un manuale di que' gallicismi, ai quali si mettano a fronte lo equivalenti locuzioni toscane, che saranno naturalmente quelle medesime o registrate o da registrarsi nel vocabolario. Sarebbe, mi pare, un'ingiusta diffidenza il supporre che anche il più trascurato e il più affrettato scrittore rifiutasse di profittare d'un aiuto così comodo e così spedito. E ciò che deve accrescer la fiducia del contrario, è il vedere in vari di quegli scritti, mescolate con de' gallicismi, alle volte stranissimi, delle utili locuzioni toscane, divolgate recentemente in Italia da qualche celebre e accetto scrittore toscano. E non c'è egli in questo fatto un motivo di credere che il non valersi da vantaggio del bon mezzo, non venga da noncuranza, ma dal non averlo alla mano? Prima d'abbandonare quest'argomento, crediamo ben fatto di dissipare un equivoco che potrebbe far trovare a qualche lettore una contradizione con ciò che s'era detto e cercato di dimostrare in più d'un, altro luogo. Abbiamo osservato qui un fatto singolare e quasi unico, d'una vastissima diffusione d'una lingua; e per qual mezzo? Per quello principalmente dei libri e degli scritti d'ogni genere, mezzo tanto potente e sufficiente in questo caso, che, tra le cause della sorte straordinaria della lingua francese, non c'è nemmeno venuto in mente (e ce ne avvediamo solamente ora) di contare il suo vocabolario. Ma si osservi che que' libri poterono produrre un tale effetto, appunto perchè non era una lingua loro propria, cioè una lingua metaforica, che portassero intorno, ma una lingua davvero. Fu ed è, in certo modo un'estensione della convivenza; que libri sono quasi una moltitudine di francesi vivi e parlanti, che girano il mondo. Per noi, che dagli scritti non abbiamo finora avuto, a un gran pezzo, un aiuto simile, potrà essere utilissimo, anzi essere intanto riguardato come primario, un mezzo d'inferiore potenza, ma appropriato e conducente anche esso all'intento.

Ed è per questo riguardo, che in quel luogo della Relazione, dove s'è detto che « uno de' mezzi più efficaci e d'un effetto più generale per propagare una lingua, è, come tutti sanno, un vocabolario, » ci s'è intromessa la clausola: « particolarmente nelle nostre circostanze ».

« Un' altra opinion che non è bona »

tiene che, con l'accettare espressamente e praticamente l'idioma fiorentino e un vocabolario formato su di esso, l'Italia dovrebbe assoggettarsi a uno sconvolgimento, a una rivoluzione generale in fatto di lingua, e, per dir così, farsi mutola da sè, come la Lucinda di Molière, per riacquistar poi la favella con l'aiuto del finto medico . Timori panici. Quella risoluzione non leverebbe all'Italia nulla (dico nulla) di ciò che possiede « in fatto di lingua; poichè (e qui sono costretto a ripetere un argomento di cui mi sono servito altrove, per combattere lo stesso errore sotto un'altra forma) col dire « ciò che l'Italia possiede » non si può intendere se non ciò che è comune a tutta l'Italia, e che lo è quindi anche a Firenze, e che, per conseguenza, si troverà tutto quanto nel Vocabolario fiorentino. I termini di versi per esprimere Idee comuni a tutta l'Italia, non sono una parte d'una sua lingua, più di quello che si possano chiamar parte della messe i semi di diverse erbe che si trovino mescolati col grano. E il vocabolario, lasciando indietro que' termini per sostituircene de' toscani, non solo non leverebbe nulla al patrimonio italiano in fatto di lingua, ma presterebbe un mezzo eccellente d'accrescerlo; e ne verrebbe non già uno sconvolgimento, ma l'ordine che resulta dall'operar concordemente.

VI.

Dobbiamo ora affrontare un'ultima questione: Chi l'avrà a fare questo vocabolario?

Alla risposta che verrebbe, per dir così, sulla punta della penna, chiude l'adito, e con una ragione troppo valevole, l'egregio Relatore della Commissione di Firenze, facendo, osservare che non sarebbe cosa conveniente il proporre all'illustre Accademia della Crusca, occupata a comporre il suo proprio Vocabolario, sia la cooperazione, sia la direzione d'un lavoro diverso. Non sarà però offendere alcun riguardo l'esprimere il dispiacere, che a questa impresa abbia a mancare l'opera d'uomini, e distinti per varia dottrina, e conoscitori quanto altri mai della materia, e menti esercitate a scegliere. Ma questo non può nemmeno essere un motivo di rinunziare a un'impresa importante del pari e riuscibile, quale è quella di procurare all'Italia uno de' mezzi più pronti per arrivare a una comunione di linguaggio più intera che sia possibile. Quella illustre Accademia medesima ne ha dato, nella piccola parte pubblicata finora della quinta edizione del suo Vocabolario, un eccellente saggio con una nova aggiunta di vocaboli presi dal solo Uso toscano, senza esempi di scrittori, e accampagnati da precise e nette definizioni, e da frasi appropriate e spieganti, prese ugualmente da quell'Uso: saggio, il quale attesterebbe, se ce ne fosse bisogno, la possibilità di formare con quel mezzo un intero vocabolario. Ma poichè essa, rivolta com'è, a un altro scopo, il quale, per servirmi delle parole della Relazione di Firenze, « deve seguire norme differenti »; nè i dotti autori degli altri vocabolari citati nella Relazione medesima, e ai quali si deve ugualmente un certo numero di simili aggiunte; nè altri, ch'io sappia, si sono proposti di raccogliere l'Uso intero di Firenze, prendendolo per unico criterio, e di dare così all'Italia un vocabolario pari a quello che la Francia possiede; nessuno certamente potrà dire che sia nè consigliare un'usurpazione, nè suscitare una concorrenza, il rivolgersi a chiunque possa avere l'abilità e la voglia di fare una cosa che nessun altro pensa a fare.

E in tali circostanze, s'avrà egli a dubitare che, tra le tante altre colte e dotte persone di Firenze, alle quali l'abilità non ne manca di certo, ce ne possano essere alcune che ne abbiano anche la benedetta voglia? S'avrà egli, dico, a credere che una tale inerzia, una tale svogliataggine abbia occupati tanti ingegni per natura vivaci, da non lasciarli, o avvertire l'importanza dell'impresa, o sentirsi il coraggio di prenderla? che in un fervore tanto generale d'associarsi per tanti diversi scopi, tra i quali uno de' lodevoli è quello di promovere la coltura, un mezzo così opportuno a ciò abbia a essere repudiato da quelli che ne sono in possesso? che, pronti a risentirsi, e a ragione, con chi neghi loro il vanto della lingua, non avvertano l'obbligo che impone loro un tal vanto? e che, ridendo al sentire o al leggere delle parole di questo o di quel dialetto, che escono dalle bocche o dalle penne di noi altri non toscani, non venga loro in mente che a quelle risa noi possiamo rispondere: chi ci ha insegnato come si deva dire? Non è egli una pietà (mi condonino questo sfogo, giacchè anche l'amore ha le sue collere), non è egli una pietà a immaginarsi tanti autori di vocabolari di questo o di quel dialetto, andar come a tasto, con gran fatica, a cercar locuzioni da sostituire alle vernacole, mentre di quelli che potevano dar loro il mezzo di far la cosa e più interamente e più sicuramente, e più facilmente, nessuno ci abbia voluto pensare? E era forse da presumere che que poveri autori avrebbero sdegnato un tale aiuto? Tutt'altro; l'intenzione opposta apparisce dall'esser ricorsi principalmente al Vocabolario della Crusca, prendendone ugualmente il vivo e il morto, e per sussidio a scrittori in gran parte toscani .

E ci sarebbe forse da farvi più pietà ancora, se v'avessi a raccontare i travagli ne' quali so essersi trovato uno scrittore non toscano che, essendosi messo a comporre un lavoro mezzo storico e mezzo fantastico, e col fermo proposito di comporlo, se gli riuscisse, in una lingua viva e vera, gli s'affacciavano alla mente, senza cercarle; espressioni proprie, calzanti, fatte apposta per i suoi concetti, ma erano del suo vernacolo, o d'una lingua straniera, o per avventura del latino, e naturalmente, le scacciava come tentazioni; e di equivalenti, in quello che si chiama italiano, non ne vedeva, mentre le avrebbe dovute vedere, al pari di qualunque altro Italiano, se ci fossero state; e non c'essendo dove trovar raccolta e riunita quella lingua viva che avrebbe fatto per lui; e non si volendo rassegnare, nè a scrivere barbaramente a caso pensato, nè a esser da meno nello scrivere di quello che poteva essere nell'adoprare il suo idioma, s'ingegnava a ricavar dalla sua memoria le locuzioni toscane che ci fossero rimaste dal leggere libri toscani d'ogni secolo, e principalmente quelli che si chiamano di lingua; e riuscendogli l'aiuto troppo scarso al bisogno, si rimesse a leggere e a rileggere, e quelli e altri libri toscani, senza sapere dove potesse poi trovare ciò che gli occorreva per l'appunto, ma supplendo, alla meglio, a questa mancanza col leggerne molti, e con lo spogliare e rispogliare il Vocabolario della Crusca, che ha conciato in modo da non lasciarlo vedere; e trovando per fortuna i termini che gli venissero in taglio, doveva poi fare de' giudizi di probabilità, per argomentare se fossero o non fossero in uso ancora; e non si fidando spesso di questi, doveva far faccia tosta coi cortesi Fiorentini e con le gentili Fiorentine, che gli dassero nell'unghie, e domandare: si dice ancora questo, o come si dice ora? e come si direbbe quest'altro che noi esprimiamo così nel nostro dialetto? e simili. Il periodo è riuscito lungo; ma le sarebbero state pagine, se v'avessi dovuta raccontar la storia per filo e per segno.

Ma perchè non si dica ch'io pretenda di darvi come un argomento dimostrativo un experimentum in anima vili, v'addurrò un'osservazione fatta da un altro sopra un ben altro soggetto. E la trovo nel « Discorso, ovvero Dialogo » sulla lingua, attribuito al Macchiavelli, e certamente non indegno di lui; dove, figurando di stare a tu per tu con Dante gli dice « Io voglio che tu legga una commedia fatta da uno degli Ariosti di Ferrara, e vedrai una gentil composizione, e uno stile ornato e ordinato; vedrai un modo bene accomodato, e meglio sciolto; ma la vedrai priva di que' sali che ricerca, una commedia tale, ... perchè i motti ferraresi non gli piacevano, e i fiorentini non sapeva; talmentechè li lasciò stare. »

Senonchè la questione è ristretta qui in troppo angusti confini. I sali e i motti non sono, di gran lunga, nè la parte più copiosa, nè la più importante dell'espressioni proprie, e spesso esclusivamente proprie, d'un idioma qualunque. Oltre i vocaboli direttamente propri e, per dir così, tecnici, ci sono in ognuno quei già accennati modi di dire composti di più vocaboli, e che hanno, comunque gli abbiano acquistati, altrettanti significati e modificazioni di significati d'un'infinita varietà di concetti: modi di dire, che molti, quando si tratta del toscano, mettono in un fascio alla cieca con alcune espressioni della plebe, sotto la superbamente beffarda denominazione di riboboli; non già perchè ci vedano sotto un significato plebeo, perchè abbiano in pronto da dare delle espressioni equivalenti, chi gliele chiedesse; ma per la sola ragione, che a loro riescono novi. Ma è un punto che; per esser messo nella luce conveniente, richiederebbe d'esser trattato più a lungo di quello che permetta il presente scritto.

Però, questo stesso argomento della commedia ci offre un'occasione d'accennare, in pochissime parole, come la questione sia più generale di quello che ne ha toccato l'autore suddetto. Non c'è chi non riconosca nelle commedie del nostro Goldoni una pittura la più varia e fedele di costumi, un'abbondanza di caratteri originali e ben mantenuti, non solo ne' persanaggi principali, ma anche ne' secondari, una fecondità d'invenzioni, un ingegnoso artifizio d'intrecci, e tant'altri requisiti primari di quel genere di componimenti. Ma la lingua, un giudizio del pari generale, la chiama difettosa; lì, o nessuno lo difende, o certo, nessuno lo loda. È forse il caso di dir di lui ciò che disse Maarbale ad Annibale che non si seppe risolvere a condurre contro Roma l'esercito vincitore a Canne: la è così; a nessun uomo furono mai concessi tutti i doni ; o d'applicargli alla rovescia quello di Cesare che, lodando Terenzio per la purezza del linguaggio, deplorava che gli mancasse il vigore ? No, davvero, perchè quel Goldoni medesimo, con le altre sue commedie scritte in puro e bel veneziano, mostrò come, al pari dell'altre facoltà, possedesse quella del ben dire. Ci sono, senza dubbio, in quelle commedie i sali e i motti a suo luogo, e chiamati dalle circostanze; ma ci sono anche, e ne occupano una molto maggior parte, accidenti e affetti d'ogni sorte, gioie, dolori, sospetti; ci sono preghiere eloquenti, rimproveri amorosi, riprensioni severe,

Quidquid agunt homines, votum, timor, ira, voluptas,

Gaudia discursus ;

insomma le materie dello stesso genere di quelle che compongono le commedie italiane dello stesso autore. Di più, se di più ci fosse bisogno, si ha anche di lui una commedia francese, e dettata, per consenso degli spettatori e de' lettori francesi, in quella forma che i Latini chiamavano, tanto propriamente, urbanità e i Greci atticismo . C'è, o non c'è, da cavare una conseguenza da questo contrasto di fatti?

Ma per rimanere, o per tornare, in un campo di fatti più comuni, dove l'inconveniente è più generale, e più palese, e il rimedio sarebbe più facile, e non richiederebbe, nè l'aiuto di molto tempo, nè il concorso d'altri mezzi, non è egli un'altra pietà il veder tanti maestri e maestre non avere il come insegnare a' bambini a nominar le cose più usuali con de' vocaboli non vernacoli e da potersi mettere in carta? Basterebbe, mi pare, questo tristissimo fatto, per dare un giusto motivo di non lasciare in pace chi ci potrebbe metter rimedio: a meno che non venga un qualcheduno il quale dimostri; o che la cosa non vale la fatica d'occuparsene, o che il rimedio potrebbe venir da altra parte. Chi riuscirà a questo potrà poi anche dimostrare, secondo gli paia più facile, o che il voler procurare l'unità di misure a un paese che n'aveva di generi diversi, fu una frivolezza, o che si poteva ottener questo intento senza sostituire a tutte una misura sola.

Tra tanti e tant'altri fatti che si potrebbero addurre in prova di questa mancanza in Italia di nomi comuni per significare cose comuni, ne scelgo uno notabile per aver dato materialmente nell'occhio a uno straniero, il quale, non sapendo come trovarci una spiegazione, la chiese a un mio amico che si trovava in un vagone con lui, andando da Milano a Firenze. Trascrivo da una lettera di questo mio amico il dialogo che ne seguì:

« Il mio interlocutore era un giovinotto francese di bonissimo garbo, che non era mai stato in Italia, e giacchè c'era venuto, voleva almeno spenderli giustificati. Osservava, interrogava e notava in un suo taccuino che era sempre in ballo. Durante la fermata del treno a Pistoia, mi domandò che cosa voleva dire una parola dipinta in verde a gran caratteri sopra una porta. La parola era egresso. Risposi che voleva dire sortie. - Tirò fuori il taccuino, e dopo averlo consultato, soggiunse . Alla stazione di Milano c'è uscita. E se avrete, soggiunsi io, la pazienza d'arrivare a Firenze, alla Stazione di Firenze, troverete sortita; e non c'è nessuna ragione perchè andando più in là non troviate, esito, uscimento, evacuazione o che so io.

« Stette un momento sopra pensiero e poi riprese:

« Però, ora che siete un solo Stato, tutti questi dialetti, che mutano a ogni passo, devono essere un grande incomodo per voi.

« E io: I troppi dialetti sono senza dubbio un incomodo, ma qui proprio i dialetti non ci entrano per nulla.

« E lui: Come può essere dunque che la stessa cosa si chiami a Firenze in un modo, e in un altro a Milano.

« E io: Vi ripeto che a Milano nella lingua, o se volete nel dialetto del luogo, non si dice uscita, nè a Pistoiaegresso, nè a Firenze sortita. Son tutti vocaboli presi da una stessa lingua, che è la lingua comune degli Italiani, quella che gli Italiani studiano appunto, per avere una lingua unica da contrapporre ai tanti loro dialetti.

« Capisco! esclamò allora il mio interlocutore. È un effetto della gran ricchezza di questa vostra lingua comune o unica che sia!

Egli aveva, senza saperlo, toccato un tasto delicato. Mi guardai intorno:

« Soli eravamo e senza alcun sospetto. »

Presi dunque coraggio e continuai: Ricchezza non direi. Perchè quando s'hanno, esempigrazia, tre parole per dire la stessa cosa, siccome non se ne può usare più d'una alla volta, le altre due restano per lo meno inutili. E dico per lo meno inutili; perchè l'esserci più modi di dire la stessa cosa, e il volerci sempre un po' di studio per scegliere, fa sì, che nessuno di questi modi la dica con quella naturalezza, e quell'effetto d'evidenza immediata, che viene dall'applicazione costante e uniforme allo stesso caso dello stesso vocabolo, e così nessuno dei tre o quattro che siano, faccia in fondo l'ufficio suo così bene, come lo farebbe, se fosse solo, nelle lingue vive, cioè lingue vere e reali, un caso simile non si può dare....

« E coll'abbrivo che avevo preso, chi sa dove sarei andato a fermarmi, se non mi fossi accorto che il mio interlocutore non mi seguiva più, e aveva il capo a tutt'altro.

« Ond'io, per evitare la sorte di tanti, che parlano alla camera, ammainai le vele, e feci e fo punto, lasciando a te le riflessioni e i commenti. »

Non ce ne dovrebbe esser bisogno, e a volerne proprio fare, non potranno essere che una ripetizione di quel medesimo, cioè: Ecco cosa nasce dall'aver per lingua comune, per lingua nazionale, per lingua italiana, una congerie di vocaboli, la quale, oltre il non corrispondere di gran lunga alle cose che si dicono in tutta Italia, dice in diverse maniere anche una parte di quelle che dice.

Da tutto ciò s'ha forse a concludere che quel mezzo per cui l'Italia potrebbe acquistare l'unità della lingua, sia stato levato affatto di posto, rinnegato, dimenticato dall'Italia medesima? No, grazie al cielo. Ci sono degli altri fatti che danno indizio del contrario, per una di quelle felici contradizioni che lasciano un filo attaccato alla verità, col quale si può, a miglior tempo, riprenderla intera e sola. Di tali fatti n'abbiamo accennato un qualcheduno in questo scritto medesimo e non sarebbe difficile il trovarne degli altri.

Si compongono, per esempio, de' canti popolari in tutti gl'idiomi d'Italia: canti che sono più o meno generalmente conosciuti ne' loro luoghi natii, e se alcuni ne escono per mezzo della stampa, e sono più o meno intesi in altre parti d'Italia, ci sono però sempre riguardati come cose particolari de' rispettivi paesi. E donde nasce, che, quando si pubblicano de' canti popolari toscani, l'Italia dice: Questa è roba mia?

Ci fu egli nessun Italiano a cui venisse in mente di scrivere i fatti e le vicende della sua vita, nel suo puro e pretto idioma, in quello, dico, che adoprava parlando con tutti i suoi compaesani, in ogni circostanza? Sì certamente ce ne fu uno; e tutta la colta Italia è d'accordo col fiorentino Varchi, il quale, pregato da quell'autore (fo conto d'aver nominato il Cellini) di correggere il suo scritto, rispose che « gli sodisfaceva più in quel puro modo, che essendo rilimato e ritocco da altri .» Ora domando se a un nativo di qualunque altra parte d'Italiasarebbe potuta riuscire una cosa simile col suo idioma; anzi, se gli sarebbe potuto venire in mente d'adoprarlo a un tale lavoro, nemmeno a uso de' suoi compaesani.

Gl'idiomi, nel loro stato primitivo, non servono che al parlare e a far de' versi: prosa non ne conoscono altra che quella delBourgeois Gentilhomme.A questo stato sono rimasti tutti g'idiomi d'Italia; e se in qualcheduno di essi si sono composte e scritte delle commedie in prosa, non fa nulla, perchè anche questo è un parlare. Tutti, dico, meno uno; il quale, con tutto ciò e come se nel suo caso, nulla ci fosse stato, come se nulla ci fosse ancora di speciale, d'unico, è da molti Italiani chiamato vernacolo !

Ma a questo punto, guardandomi indietro, m'avvedo che, mentre m'ero obbligato a restringere il mio ragionamento in certi determinati confini, sono andato, per un pezzo, girando, vagando,

« Di pensier in pensier.

di palo in frasca, a proposito di qualche cosa venuta, a proposito di qualche altra, saltando da chi non vuol sentir parlare di ciò che gli manca, a chi non vuol sentir parlar di ciò che ha, e così via, senza nulla che accenni a concludere. E nondimeno, se l'ho a confessare, mi par che ci sarebbe ancora molto da dire, e che perfino varie nude proposizioni messe fuori in questo medesimo scritterello, potrebbero servir di testi ad altrettanti predicozzi. Ma subito dopo m'assale un dubbio tremendo: se questa gran voglia di dire venga, o da abbondanza di materia, o da parlantina di barbogio. Per andar quindi sul sicuro, fo punto. E chiudo con lieto presagio, che la voce d'altri più valenti di me a patrocinar questa causa; e l'esempio pratico, la scola viva di scrittori toscani che abbiano, dovrò dire, il coraggio? di esser toscani con la penna in mano, come lo sono con la lingua in bocca, conversando tra di loro de omnibus rebus, cosa da non potersi fare con de' riboboli; e il sentimento pubblico, eccitato dalla nova vita dell'Italia, che rende, a un tempo, più manifesta e la deformità del linguaggio discorde, e la possibilità di concorrere, ognuno per la sua parte, a procurarne il rimedio; che, dico, tutte queste forze insieme prestino un aiuto potente ai mezzi che un Governo finalmente italiano può avere in pronto, e che il signor Ministro della Pubblica Istruzione, Emilio Broglio, benemerito promotore della questione, ha già principiato a mettere in opera.

Ventun'anni fa tra vari pareri (non erano allora, nè potevano esser altro) intorno all'assetto politico che convenisse meglio all'Italia, ce n'era uno che moltissimi chiamavano utopia, e qualche volta, per condescendenza una bella utopia. Sia lecito sperare che l'unità della lingua in Italia possa essere un'utopia come è stata quella dell'unità d'Italia.